AF236607

Alte Geschichten

Uwe Schulz-Kopanski

Alte Geschichten

Episoden aus dem vorigen Jahrtausend

Vom ostdeutschen Realsozialismus

Bibliografische Information der Deutschen Nationalbibliothek:
Die Deutsche Nationalbibliothek verzeichnet diese Publikation
in der Deutschen Nationalbibliografie; detaillierte bibliografische
Daten sind im Internet über http://dnb.dnb.de abrufbar.

© 2022   Uwe Schulz-Kopanski

Herstellung und Verlag: BoD – Books on Demand, Norderstedt

ISBN: 978-3-7534-4024-8

INHALTSVERZEICHNIS

Bei den Bohrern

An einem mobilen Bohrturm in der Schorfheide,

ca. 70 km nördlich von Berlin, Anfang der Achtziger

Unsere Wohnwagen standen direkt hinter dem Sportplatz, am Ortsausgang des Dorfes. Jeden Morgen fuhren wir von dort mit dem Geländewagen zur etwa einen Kilometer entfernten Bohrstelle. Vor gut zwei Wochen hatten wir da am Waldrand, auf einer Wiese, den großen Ural-Lkw aufgebockt, den Teleskopmast aufgerichtet und mit dem Bohren begonnen. Im Halbkreis drumherum waren dort außerdem noch unser Aufenthaltswagen, der Werkstattwagen und zwei Anhänger mit Rohren abgestellt, sowie der Trecker mit dem Wasserfass und natürlich der große Dieselgenerator.

Es war am Nachmittag, siebzig Meter Bohrgestänge hatten wir gerade wieder frisch eingebaut, und die Anlage ratterte nun gleichmäßig im Dauerbetrieb. Herbert der Brigadier saß oben auf dem Bock; für die nächsten anderthalb Stunden gab es nicht viel mehr zu tun, als den Drehzahlmesser im Auge zu behalten.

"Kannst Spülung auffüllen", rief er mir durch den Maschinenlärm zu, und ich ging zu dem großen rostigen Blechbehälter neben dem Turm, tunkte den Wasserschlauch in die Pampe und drehte den Hahn auf. Dann nahm ich einen Papiersack mit Tonmehl von dem Stapel, schlitzte ihn auf und ließ das Pulver langsam in der Flüssigkeit versickern, ebenso wie hinterher den Rest aus dem Sack mit Tapetenkleister. So nannten wir zumindest dieses Zellulose-Zeug, das die Spülung schön dickflüssig machen sollte.

"Wir brauchen Nachschub", bemerkte ich laut und deutete auf den Wassertank, und zur Bekräftigung hielt ich kurz den Schlauch hoch, aus dem es inzwischen nur noch spärlich rann.

"Okay, ich fahr Wasser holen", meinte Achim daraufhin und ging zum Traktor rüber, an dem der Fassanhänger angekoppelt war, und bald darauf tuckerte er auf dem angrenzenden Feldweg in Richtung Dorf davon.

Als ich genug Spülpampe angerührt hatte, schleppte ich ein paar der zu erneuernden Bohrkronen zur Arbeitsplattform von Benno, unserem Handwerker, rüber; gleich neben den Werkstattwagen. Mittlerweile konnte ich ja selbst einschätzen, wo der Besatzring mit den kleinen Zähnen aus Industriediamanten und gesintertem Stahl schon so weit abgeschliffen war, dass er neu aufgelötet werden musste. Letzten Monat hatte Benno es mir mal erklärt, am zweiten Bohrplatz, sechs Wochen nachdem ich bei dieser Truppe angefangen hatte. Meistens war er aber ziemlich maulfaul, so wie eigentlich alle meine Kollegen hier. Und das umso mehr, wenn ein zwanzigjähriger Jungspund wie ich sie etwas fragte. Der wurde dann einfach öfter mal bloß grinsend mit einem behämmerten Merksatz abgefertigt, so wie: ‚Nur der Wurm bohrt ohne Turm‘, was wohl irgendwie pfiffig und verschlagen klingen sollte.

"Halt mal fest", brummte Benno, kaum dass ich das letzte der schweren Teile neben ihm abgelegt hatte, und ich kniete mich auf die Eisenstangen, aus denen er gerade eine weitere Wandgarderobe zusammenschweißte. Inzwischen kannte ich die Prozedur; die fertigen Gestelle wurden später bloß noch silber oder schwarz angepinselt und gingen dann an Abnehmer im Dorf, die in der Regel schon darauf warteten, und der Erlös wurde unter uns aufgeteilt und fertig. Deshalb hatte das Schweißen von Wandgarderoben natürlich auch Vorrang gegenüber dem Erneuern von Bohrkronen. Rundstahl in der richtigen Stärke war jedenfalls reichlich vorhanden, und wenn der Vorrat zur Neige ging, wurde problemlos nachbestellt.

Als Benno mich nicht mehr brauchte, schnappte ich mir eine Drahtbürste und säuberte die verdreckten Gewinde an ein paar Rohrstangen. Hauptsache, ich war immer irgendwie in Bewegung und machte mich nützlich, denn Brigadier Herbert sah es nicht sonderlich gern, wenn sein neuer Hiwi zwischen zwei Bohrgängen, zwei sogenannten 'Märschen', bloß faul auf der Wiese lag oder im Aufenthaltswagen rumsaß.

Auch neugierige Besucher waren auf dem Bohrplatzgelände nicht gern gesehen, wohl allein schon aus Unfallschutzgründen, und so ging ich Ralli, einem der Dorfjungs, der kurz darauf mit seinem Moped herangezuckelt kam, lieber schnell ein Stück entgegen und stoppte ihn oben am Feldweg, damit Herbert nicht sofort loswetterte.

„Bist du heute Abend wieder am See?", fragte Ralli. „Die anderen sind bestimmt auch alle da."

Er zählte ein paar der Jugendlichen und Kinder auf, von denen ich einige zumindest vom Sehen her kannte.

„Okay", nickte ich, „so um sechs rum, früher schaff ich es aber nicht."

Ich reichte ihm noch zwei Mark für zwei Flaschen Bier, die er nachher zum See mitbringen sollte, und schon gab er Gas, ließ die Kupplung springen und knatterte in eine Staubwolke gehüllt davon.

Etwa eine Stunde später konnte ich am veränderten Geräuschpegel der Anlage hören, dass es soweit war und in Kürze mit dem Ausbauen losgehen würde.

Ich zog meine Arbeitshandschuhe über, setzte mir den gelben Schutzhelm auf und ging nach vorn zu Herbert. Er legte einen Schalter um, die Bohrrotation stoppte, und langsam zog er mit dem Hebewerk das komplette Gestänge samt Spülkopf am Turm nach oben. Als nach knapp zehn Metern die erste Rohrverschraubung zu sehen war, stoppte er, und ich arretierte das Gestänge unten am Drehtisch. Danach setzte ich den riesigen Schraubenschlüssel, die 'Maschinenzange', an der Einsparung am unteren Rohrende an, trat einen Schritt zurück und drückte den Knopf für den Elektroantrieb, der mit ziemlicher Wucht einen massiven Metallarm gegen die aufgesteckte Zange knallte, um die Verschraubung der beiden Stangen zu lösen, zu 'brechen', wie es hieß. Diesmal klappte es auf Anhieb, meistens musste man allerdings noch zwei oder drei Mal elektrisch nachschlagen.

Jedenfalls baumelte die erste hochgezogene Eisenröhre nun lose im Turm, armdick und fast zehn Meter lang und oben bloß noch vom Stahlseil der Winde gehalten. Jetzt kam es auf gutes Timing an: Ich nickte Herbert kurz zu, griff mir das untere Rohrende, rannte damit los und wuchtete es nach etwa fünfzehn Metern weiter hinten auf ein Ablagegestell, während er dabei gleichzeitig mittels des Flaschenzuges das obere Rohrende zügig runterließ, so dass es sich zum Schluss auf einen zweiten, vorderen Ablagebock herabsenkte. Geschafft! Nun konnte nichts mehr passieren, das Rohr lag waagerecht, sicher und stabil. Ich löste den schweren Schäkelverbinder, ging mit der am schlaffen Drahtseil der Winde schlenkernden, glockenartigen Klemmvorrichtung zurück zum Turm und befestigte sie dort gleich am nächsten Rohrstück, das aus dem Bohrloch ragte. Denn es gab ja noch weitere sechzig Meter Gestänge unten in der Erde, die auch noch gehoben werden mussten, immer schön Stück für Stück.

Anschließend löste ich die Arretierung am Drehtisch, und Herbert zog die nächsten zehn Meter Eisen aus dem Bohrloch, so dass ich schon bald wieder mit dem unteren Ende des Schwengels losrennen konnte, und rauf auf den Ablagebock, und so weiter und so fort.

Das alles klingt freilich relativ stupide, aber man musste dennoch ständig aufpassen. Denn wenn der Flaschenzug zu schnell runtergelassen wurde (oder man zu langsam lief), dann schrammte man nämlich beim Loslaufen mit dem vorderen Rohrende bloß kräftig am Boden entlang und konnte danach erstmal wieder jedes Körnchen Sand einzeln aus dem verdreckten Kegelgewinde rauspulen. Und kam das Stahlseil hinten zu langsam nach (oder man lief zu schnell), so war man schon *fast* bis zum vorderen Ablagebock rausgerannt, obwohl das Rohr noch viel zu weit oben in der Luft schwebte und noch gar nicht ganz an die Ablage heranreichte, und der Schwung ließ plötzlich nach und man zerrte und drückte umso verzweifelter nach vorn und taumelte mit dem zentnerschweren Ding auf der Schulter wie besoffen umher. Ganz abgesehen von all den anderen Gefahren; bei den hier waltenden Kräften sollte man sich wohl nirgendwo die Hand quetschen oder etwas auf den Fuß oder gar Kopf fallen lassen.

Eine halbe Stunde später hatten wir das Gestänge endlich komplett ausgebaut, und nur noch das zwei Meter lange Kernrohr hing zum Schluss leicht pendelnd an der Winde im Turm, beinahe wie ein schlammverkrusteter Baumstamm. Auf dessen Inhalt kam es jedoch an, das war die Fracht aus der Tiefe, die es zu bergen galt. Schließlich war dies hier keine Förderbohrung, sondern eine Erkundungsbohrung. Man wollte lediglich wissen, wie die unterirdischen Schichten in diesem Gelände verliefen, und mit einer Kernbohrung ließ sich das recht gut feststellen. Dazu wurde einfach ein Hohlrohr in die Erde gedreht, an dessen äußerem Rand sich die Bohrkrone mit ihren superharten Zähnen durch den Untergrund fraß, während sich das Innere mit dem Material aus der Tiefe füllte, so dass man später das Ganze bloß noch irgendwie nach oben zu hieven brauchte. So erhielt man nach jedem 'Kernmarsch' ein bis zu zwei Meter langes Bodenprofil, zumindest im theoretischen Idealfall. Denn es konnte passieren, dass dieser Bohrkern je nach Beschaffenheit auf dem Weg nach oben teilweise bereits wieder aus dem Rohr herausrieselte oder sogar komplett ins Bohrloch zurück plumpste, oder sich nach dem unterirdischen Komprimieren an der Oberfläche plötzlich übermäßig ausdehnte und aufquoll. All das musste der Anlagenführer mit seiner Erfahrung berücksichtigen bei der Entscheidung, wann das Kernrohr hochzuholen war, also ob der Marsch in dieser geologischen Schicht vielleicht doch besser schon nach einem knappen Meter beendet werden sollte oder ob er hier getrost noch ein ordentliches Stück weiter bohren konnte. Und falls doch einmal etwas verloren ging, dann musste man möglichst auch ein paar

Tricks kennen und sollte wissen, womit man die Holzkisten für die Bohrkerne stattdessen auffüllte. Denn sonst bestand die Gefahr, dass die Geologen einen brühwarm in der Zentrale verpfiffen und so zum Gespött des ganzen Ladens machten. Diesmal freilich lief alles glatt. Kaum war das Kernrohr abgelegt, die Druckluftleitung angeschlossen und der Kompressor vorsichtig für einen Moment zugeschaltet worden, da schob sich auch schon die Erdwurst nach und nach aus der Metallröhre heraus und fluppte plötzlich mit einem dumpfen 'phff' direkt in die bereitgehaltenen Holzkästen.

Benno und Herbert knieten sich sogleich dicht daneben ins Gras, um das Ergebnis zu begutachten. Je tiefer sie sich beide allerdings über den Bohrkern beugten und zuweilen noch sachte mit der bloßen Hand ein bisschen graue Spülpampe von dessen Oberfläche wegwischten, umso weiter rutschen ihnen dabei am Rücken die Unterhemden hoch, raus aus ihren viel zu tief sitzenden, orange-gelb beziehungsweise dunkelblau-türkis gemusterten Unterhosen, so dass sich schon bald zwei haarige weiße Männerärsche größtenteils unbedeckt ihrer Umwelt präsentierten, und zwar optimal ausgeleuchtet durch die hoch stehende Sommersonne.

Um der hypnotischen Kraft dieses Anblicks mitten in meinem Gesichtsfeld zu entfliehen, drehte ich mich weg in die andere Richtung, und so sah ich Achim mit dem Trecker auf dem Feldweg vom Wasserholen zurückkommen. Auch so eine Geschichte, dachte ich, weil er nämlich in Wahrheit Henry hieß, wie ich an einem Kneipenabend in meiner zweiten oder dritten Woche zufällig mal mitbekommen hatte. Aber er ließ sich eben immer nur Achim rufen, denn - so sein cleveres Kalkül - falls er mal irgendwo eine Dorfschönheit schwängern sollte und sich deswegen Monate später jemand in der Betriebszentrale nach einem strammen Bohrer namens 'Achim' erkundigen würde, so wäre er ja unauffindbar, zumindest seiner Meinung nach. Man konnte jedenfalls gar nicht vorsichtig genug in diesen Dingen sein, meinte er, denn wie gesagt: *Nur der Wurm bohrt ohne Turm*, nicht wahr – und zumindest sein Turm wäre nun mal permanent am Bohren, wie er des Öfteren versicherte.

Achim-Henry fuhr den Trecker mit dem Fassanhänger dicht an den Spülungsbehälter, und ich schloss den Wasserschlauch wieder an und half dann beim Rübertragen der vollen Kernkisten in den Werkstattwagen. An der

Art, wie Herbert in die Runde guckte und Benno bereits das umherliegende Werkzeug einzusammeln begann, merkte ich schon, dass damit für heute der Feierabend eingeläutet wurde. Wir hatten hier zwar keine festen Zeiten, aber bis vor Kurzem war das noch ganz einfach daran erkennbar gewesen, dass der Dieselgenerator abgestellt wurde. Doch das hatte sich urplötzlich geändert, seitdem neulich jemand von der Zentrale aufgetaucht war und zwecks Kontrolle eine Art Fahrtenschreiber am Motorblock angebracht hatte. Fortan lief das Aggregat jeden Abend trotzdem noch anderthalb oder zwei Stunden im Leerlauf weiter, obwohl die Bohranlage selber längst stillstand. Auf meine Fragen dazu hatten meine Kollegen zunächst mal wieder höchstens einsilbig geantwortet, wenn überhaupt, und erst nach einigen Anspielungen und Bemerkungen in der Dorfkneipe zu vorgerückter Stunde war mir vollends klargeworden, dass es dabei um unsere Leistungsabrechnungen ging, um Geld. Früher hatte der Brigadier nämlich im Logbuch der Anlage abends problemlos großzügig aufgerundet, soll heißen jeden Tag um die zwei Stunden mehr geschrieben, aber irgendwann war das der Zentrale wohl nicht mehr ganz geheuer vorgekommen, und deshalb hatte man das neue Kontrollgerät am Generator installiert. Denn wenn der nachweislich bloß zehn Stunden gelaufen war, konnte sicherlich niemand zwölf Stunden gearbeitet haben, nicht wahr? Daher harrte nun neuerdings immer abwechselnd einer von uns nach Feierabend am Bohrturm aus, räumte ein bisschen auf, putzte irgendwas oder grillte sich ein paar Würstchen, bis er schließlich zwei Stunden später die Hütte absperrte und ganz zum Schluss erst das Aggregat abschaltete. So blieb es bei den täglichen Überstunden für die ganze Mannschaft, nunmehr freilich korrekt dokumentiert durch die automatisch aufgezeichneten Laufzeiten des großen Diesels, und damit das alles denen im Büro weiterhin auch einigermaßen plausibel erschien, wurde wie bisher mit den Märschen getrickst: Wenn man die Bohrung zum Beispiel auf neunzig Meter abgeteuft und am Tag *drei* Märsche absolviert hatte, also drei Mal alles an Eisen rein ins Loch und alles wieder raus, jeweils am Ende mit zwei Meter hochgeholtem Bohrkern, dann schrieb man stattdessen einfach *vier* Märsche je anderthalb Meter Kern in den Abrechnungsbogen. Was im Endeffekt zwar so ziemlich das Gleiche in Bezug auf die gewonnene Bohrkernlänge gebracht, nur eben deutlich mehr Arbeit gemacht hätte und somit die angegebenen Überstunden durchaus rechtfertigen würde. Wobei das schweißtreibende vierte Mal Einbauen und Ausbauen von gut neunzig Meter Gestänge jedoch nur auf dem Papier passiert wäre.

"Guckst nachher nochmal im Werkstattwagen, wegen der Kernkisten", sagte Herbert zu Achim, der heute mit Längerbleiben dran war, "damit das vernünftig aussieht, wenn morgen der Geologe kommt. Bisschen Ordnung hinten, und vorne wenigstens den gröbsten Dreck raus."

„Ja, alles klar, könnt abhauen", brummte Achim, „ich fahr nachher mit dem Trecker."

Herbert, Benno und ich packten unser Zeug zusammen, setzten uns in den Geländewagen Marke GAZ-69, auch genannt Russenjeep, und fuhren das kurze Stück rüber zu unserem Lager. Unserem Camp.

Hier beim ‚Camping' war natürlich alles ein bisschen rustikal bis primitiv, aber dennoch irgendwie gemütlich. Jeder Wohnwagen bestand aus einem linken und einem rechten Ein-Personen-Abteil mit Schiebetür, und im Eingangsbereich in der Wagenmitte gab es einen gemeinsamen Kühlschrank und zwei elektrische Herdplatten sowie ein bisschen Geschirr. Sanitäranlagen befanden sich im separaten Waschwagen; drei offene Duschplätze, vier Waschbecken und zwei Toilettenkabinen. Es gab auch größere Camps mit bis zu einem Dutzend Wagen für die Arbeiter mehrerer benachbarter Bohrplätze, selten sogar mit Speisewagen und kleiner Kantine.

Ich spülte mich kurz unter der Dusche ab, schmierte mir noch ein Käsebrot und lief anschließend zum See, der bloß etwa eine Viertelstunde entfernt dicht hinter dem Wald lag.

An der Badestelle herrschte noch ganz gut Betrieb, wie schon die ganze Woche über. Manche Kinder waren bereits seit dem Vormittag hier, andere gingen tagsüber zu den von der Schule organisierten ‚Ferienspielen' und kamen hinterher erst später am Nachmittag zum See. Ältere, also Zehntklässler oder Lehrlinge, badeten dem Vernehmen nach meist an einem entfernteren See, und außerdem trafen sich wohl einige auch regelmäßig als GST[1]-Gruppe und gurkten abends mit Motorrädern in Tarnfarbe durch die Gegend. Freilich hauptsächlich deshalb, weil sie so den Führerschein fast kostenlos kriegen konnten.

---

1 Gesellschaft für Sport und Technik, vormilitärische Organisation

Aber wie auch immer, die Sonne schien und ich war am Wasser, und mehr wollte ich im Moment nicht. Ralli winkte mir schon von weitem zu, er lag ein Stück weg vom Ufer, und neben ihm wie meistens seine beiden Nachbarsmädchen Anke und Elke. Anke war fünfzehn (*„fast sechzehn", wie sie sagte)*, Elke um die zwölf oder dreizehn.

„Na, alles okay?", grüßte ich in die Runde und ließ mein Handtuch in den Sand fallen, und während ich Shorts und T-Shirt auszog und es mir dann im Liegen bequem machte, holte Ralli die zwei Flaschen Bier aus dem Wasser, öffnete sie und reichte mir eine davon rüber.

„Prost!", sagte er, und wir stießen an und tranken.

„Was gibt 's Neues?", erkundigte ich mich.

Ralli berichtete ein bisschen von seinen heutigen Holztransporten; er war Lehrling im örtlichen Forstwirtschaftsbetrieb, und wenn wiedermal die Berliner Regierungsprominenz hier im Staatsjagdgebiet anrückte, kriegte er gelegentlich auch was davon mit. Da gab es nämlich so einige Geschichten, die natürlich nicht in der Zeitung standen, und von Ralli hatte ich schon eine ganze Menge darüber gehört. Aber momentan war wohl diesbezüglich alles ruhig.

„Ein paar von den Jungs waren hinten beim Erlenbach Flusskrebse fangen", meinte Anke nach einer Weile. „Die hatten 'n ganzen Plastebeutel voll."

„Hab ich letztes Jahr auch gemacht, drüben am Fließ", nickte Ralli. „Ist einfach. Bloß den Kescher hinhalten und die Viecher rückwärts mit 'nem Stock reinscheuchen. Oder gleich mit der Hand zugreifen, am Panzer genau über den Scheren, dann können die dir nichts."

„Ich hab schon mal welche gegessen", erwiderte Anke. „Die schmecken zwar, ist aber 'ne elende Pulerei."

„Tja", machte ich, nahm einen Schluck Bier und dachte an die Fernsehreportage, die ich neulich über den Hummerfang an der US-Ostküste gesehen hatte.

„Ihr kennt doch Hummer", fragte ich, „diese Riesendinger, solche Oschis?", und ich zeigte mit den Händen ihre ungefähre Größe.

"Die haben sie früher bei den Amis, so um 1800 rum, den Häftlingen im Knast zum Essen vorgesetzt, weil keiner sich mit dem Knacken der Schalen abquälen und da drin rumstochern wollte! Überlegt mal, und heute ist das 'ne superteure Delikatesse! 'Kakerlaken des Meeres', so haben sie die damals genannt. Kaum zu glauben, oder?"

„Ist ja irre", antwortete Anke und lachte, und auch ihre Schwester und Ralli grinsten.

Anschließend erzählte ich ihnen von meiner reichen Tante aus Berlin, die da als Chefin in einem großen Restaurant arbeitete und jedes Mal, wenn sie uns auf dem Dorf besuchen kam, zuerst ausgerechnet ein Glas *Blutwurst* aus dem Keller holte, um das dann gleich heißhungrig mit Pellkartoffeln zu verspeisen. „Die blöde schwarze Grützwurst!", rief ich. „Von uns konnte das Zeug keiner mehr sehen, und die reiche Tante aß das freiwillig! Das kapierte ich als Kind überhaupt nicht! Menschenskinder, die hätte doch Bouletten oder Schweinebraten oder sonstwas nehmen können, aber nein!"

Lachend schüttelte ich den Kopf, trank einen Schluck Bier und fuhr fort: „Naja, später verstand ich das. Wir schlachteten ja immer noch selber, genau wie vor fünfzig Jahren, und für sie war wohl die eingeweckte Blutwurst das Essen ihrer Kindheit, was sie so in ihrem Berlin nirgendwo kaufen konnte. Ganz einfach."

Ich zuckte mit den Schultern. "Wie mit dem Hummer. Ist eben Geschmackssache, oder?

Ralli und ich tranken unser Bier aus und gingen zur Badestelle runter.

Wir wateten bis zum Bauchnabel ins Wasser, hechteten dann rein und schwammen ein Stück raus. Die beiden Mädchen folgten uns kurze Zeit später, blieben aber weiter vorn für sich.

Ich drehte mich auf den Rücken und bewegte mich eine Weile im warmen Wasser gerade nur so viel, dass ich oben blieb. Für einen Moment genoss ich die Stille und betrachtete die Wolken am blauen Himmel, wobei mir die Sonne ins Gesicht schien. Ist das schön, ging es mir durch den Kopf, und flüchtig musste ich an meine Kollegen denken, die jetzt garantiert wie jeden Abend in der schummrigen Dorfkneipe bei Bier und Schnaps saßen und stumpfsinnig über die Arbeit redeten.

Als ich nach ungefähr einer Viertelstunde aus dem Wasser kam, waren die anderen bereits wieder an unserem Liegeplatz. Aus den Augenwinkeln musterte ich heimlich Anke. Gut gewachsen, das Mädel, dachte ich anerkennend, denn sie machte wirklich schon ordentlich was her in ihrem

Bikini, so schlank und braungebrannt, sportlich und kein Gramm zu viel am Hintern. Außerdem hatte sie ein hübsches Gesicht, man musste nur richtig hingucken. Sie war mehr so der burschikose Naturtyp, für Kosmetik und Modetrends schien sie sich kaum zu interessieren. Auch ihr Haarschnitt wirkte etwas nachlässig und fransig; bloß kein Aufwand, eben wie es gerade fiel. Meistens war sie ja sowieso eher ungekämmt. Wahrscheinlich hatte sie vor drei, vier Jahren noch mit den Dorfjungs auf der staubigen Straße Fußball gespielt, ganz verschwitzt und im schmuddeligen Unterhemd, ging es mir flüchtig durch den Kopf.

Die kleine Elke stand bibbern an ihrer Seite und starrte versonnen ins Leere, die oberen Schneidezähne verzagt auf die bläuliche Unterlippe gepresst, das Bäuchlein noch voller glitzernder Tropfen und die Haare strähnig vom Seewasser.

„Ah, ich hab ja noch meine Stulle zu essen!", fiel ihr plötzlich ein, und sie wühlte in ihren Sachen und holte ein Butterbrot und ein gekochtes Ei hervor.

„Oh, schon ganz schön trocken", murmelte sie heiter nach dem ersten Bissen, und dann verkündete sie mit unbekümmertem Lächeln:

> *,Bumm bumm bumm, der Toood geht um,*
> *wieder einer tooot, vom Konsumbrooot !'*

Natürlich kannte ich diesen Spruch längst, das harte, altbackene Konsumbrot war ja nun wirklich legendär, aber so wie sie ihn jetzt brachte musste ich doch lachen, besonders weil sie einen leichten Sprachfehler hatte und Brot eher wie *Proot* aussprach. Ich fand das ziemlich drollig; letztens hatte sie zum Beispiel mal erwähnt, dass der *Weihnacksmann* ihr eine schöne *krüne Pluse* gebracht hatte, und auch von irgendeinem *plonden Pruder* war mal die Rede gewesen. Es fiel vielleicht nicht sofort auf, aber wenn man genauer hinhörte, merkte man es freilich schon.

„Sagt mal, ist hier eigentlich 'ne Armeeübung oder was?", fragte ich, als mir zum wiederholten Male ein paar Düsenjäger auffielen, die hoch über den Getreidefeldern kreuz und quer röhrend durch die Luft jagten, mehr dass man sie hörte als das man sie sah.

„Das sind die Russen", antwortete Ralli träge, und ich erfuhr, dass sich nur wenige Kilometer von hier ein riesiger Militärflugplatz befand. Manchmal gingen Leute aus dem Dorf im dortigen 'Magazin' sogar einkaufen, so war zu vernehmen, und mit sowjetischen Offizieren gesoffen hätten auch schon so einige im Laufe der Jahre, wenngleich das wohl eher selten vorkam. Tja, die Russen hierzulande, das war sicherlich ein Kapitel für sich, dachte ich. Man hatte zwar wenig Kontakt miteinander, schon allein deshalb, weil die einfachen Soldaten nie in Ausgang durften, und die Kasernen sahen auch eher unheimlich aus, wenn man überhaupt mal in deren Nähe kam. Abblätternder Putz, die Fenster mit Zeitungspapier verklebt, alles wie nach dem Krieg. Doch dafür gab es umso mehr sagenhafte Geschichten, beispielsweise wie sie bei einem Kraftwerk im letzten strengen Winter 'brüderliche sozialistische Hilfe' geleistet hätten, indem hundert Mann die Kohlewaggons mit bloßen Händen entluden, bei Minusgraden und ohne eine einzige Schaufel.

„Tja, hier ist schon was los bei uns", stellte Ralli mit wohligem Stöhnen fest, gähnte ausgiebig und drehte sich auf die andere Seite.

„Außerdem gibt 's im Nachbardorf 'ne Kneipe, die '*Zum Mittelpunkt der Erde*' heißt", schob er noch beiläufig hinterher.

Natürlich lachte ich zuerst, weil ich glaubte, er wolle mich veräppeln. Aber es schien tatsächlich zu stimmen, denn er beteuerte es immer wieder, und auch Anke nickte dazu und bestätigte alles.

„Also da muss ich unbedingt mal hin", rief ich schließlich, „das guck ich mir auf jeden Fall an."

„Wie lange bleibt ihr eigentlich hier?", wollte Anke daraufhin von mir wissen.

„Na so vier Wochen bestimmt noch", entgegnete ich aufs Geratewohl, denn das hing in erster Linie vom Untergrund ab und war schwer exakt vorherzusagen. Sicher war nur, je tiefer wir mit der Bohrung kamen, desto aufwändiger wurde das Ganze und entsprechend langsamer ging es vorwärts. Unwillkürlich kam mir unserer letzter Bohrplatz in den Sinn, direkt neben einem bereits geräumten Geisterdorf in der Lausitz, kurz bevor die Braunkohlebagger anrückten. Nur ein Opa hatte dort noch mutterseelenallein gehaust; manchmal sah man ihn kurz am Morgen, wenn er mit dem Blecheimer Wasser von der Pumpe draußen holte. Unwirkliche Szenen wie in einem Endzeit-Film, wie in Tarkowskis *Stalker*'.

„Und wonach sucht ihr jetzt genau bei uns hier?", riss mich Elke aus meinen Gedanken. „Bohrt ihr nach Öl? Oder nach Gold, oder was?"

„Nee, nach Diamanten!", lachte ich, und weil mich jetzt Ralli und Anke ebenfalls interessiert ansahen, erklärte ich ihnen ausführlich, was ich dazu aus Gesprächen von Geologen mit Kollegen aufgeschnappt oder auch sonstwo gehört und gelesen hatte.

„Also, Braunkohle liegt im Prinzip überall", begann ich, „weil vor etlichen Millionen Jahren fast überall Wälder waren, die dann im Moor versanken und unter dicken Sandschichten im Laufe der Zeit zu Kohle wurden. Habt ihr ja wohl in der Schule gelernt."

Alle drei nickten.

„So", fuhr ich fort, "bloß der Abbau lohnt oft nicht, weil die Flöze zu sandig sind und vor allem viel zu tief liegen. Eine zwei Meter dicke Schicht aus minderwertiger Kohle mit achtzig oder hundert Meter Abraum drüber, damit kann keiner was anfangen."

Ich erläuterte, wie wir mit den Kernbohrungen ein Bodenprofil erstellten, so dass man hinterher genau wusste, wie sämtliche Schichten verliefen und vor allem, wo genau wie viel Kohle lag.

„Tja", eröffnete ich ihnen, „und der Plan ist, das mal zu Gas zu machen, indem man es einfach unterirdisch zündet. Denn das lohnt sich vielleicht schon eher."

„Was?", stieß Anke ungläubig mit großen Augen hervor.

„Der Schorfheide mal richtig Feuer unterm Arsch machen?", grinste Ralli und lachte unsicher.

„So ungefähr", bestätigte ich. „An einer Seite pumpt man Luft und Wasserdampf durch das Bohrloch runter, unten schwelt das Ganze, und an einer anderen Stelle zieht man das brennbare Gas ab und fertig. Gibt 's in Usbekistan schon, da wird ein Kraftwerk mit dem Gas betrieben. Und an der Oberfläche kriegt man gar nichts davon mit, was unten in der Tiefe abgeht."

„Na ich weiß ja nicht", meinte Anke skeptisch.

„Keine Angst", beruhigte ich sie, „hier mitten ins Staatsjagdgebiet werden sie euch garantiert keine Strommasten und Schornsteine reinsetzen, hier geht 's wirklich nur um Erkundung. Und wo ein Russenflugplatz ist, da wird erst recht nichts unterirdisch angekokelt, da traut sich keiner ran. Wenn was gebaut wird, dann woanders."

Anschließend versuchte ich den Dreien noch zu verdeutlichen, wie man vom Kosmos aus auf geologische Lagerstätten schließen konnte; beinahe wöchentlich gab es dazu ja jetzt neue sensationelle Veröffentlichungen, insbesondere über die legendäre Multispektralkamera MKF 6 aus Jena, die von einer sowjetischen Raumstation aus die Erde fotografierte und so alles Mögliche entdeckte. Mithilfe dieses Wunderapparates waren angeblich auch unsere Bohrplätze bestimmt worden, ein Experiment namens ‚Raduga²' hatte man wohl erst kürzlich dazu durchgeführt und ausgewertet.

Die Mädchen wurden von anderen Kindern gerufen und gingen zu ihnen rüber, und ich blieb mit Ralli zurück. Er war mit seiner Lehre bei der Forstwirtschaft zwar einigermaßen zufrieden, wollte später aber gerne von zu Hause weg und interessierte sich daher für die Arbeit am Bohrturm.

„Naja, man kommt schon ganz gut rum und verdient gut", stellte ich zunächst einmal klar, „und du hast die Unterkunft immer mit dabei. Bezahltes Camping, sozusagen. Das ist ein bisschen wie beim Zirkus." Ich lachte kurz auf.

„Hm, und von den Arbeitszeiten her kann man auch nicht meckern", fuhr ich fort. „Eigentlich sollen wir ja neun Tage arbeiten und hätten danach fünf Tage frei, aber wenn der Chef mal wieder fette Überstunden schreibt, dann machen wir meist acht /sechs pro Turnus oder nur sieben / sieben und treffen uns bloß immer ganz kurz mit der zweiten Mannschaft zur Übergabe. Das ist ja wohl nicht schlecht, oder?"

„Ja", stimmte mir Ralli zu, „wir müssen in zwei Wochen zehn Tage arbeiten, ihr nur sieben."

Allerdings war ich trotzdem schon mal einen Tag länger im Wohnwagen geblieben, oder erst einen Tag später abgereist, wofür mir meine Kollegen natürlich einen Vogel zeigten. Aber ich hatte seit meiner Rückkehr von der Armee eben nur noch ein kleines Zimmer als Zuhause, bei meiner Mutter, die vor einem Jahr von unserem Heimatdorf weggezogen war. Umgezogen in eine triste Industriestadt, mit der mich kaum etwas verband. Was sollte ich da? Doch das war natürlich mein privates Problem und hatte weniger mit dem Job an sich zu tun.

„Der größte Haken an der Sache ist freilich, dass die alle ziemlich viel saufen bei der Bohrung", offenbarte ich ihm schließlich. „Jeden Abend rein in die Kneipe, wo natürlich stundenlang nur über Bohrkronen und Abteufen gesabbelt wird, nur über den Job. Und wenn du abends beim Saufen und

---

2   russisch für Regenbogen

Quatschen nicht dabei bist, dann akzeptieren die dich auch tagsüber nicht, und du wirst zum Außenseiter bei dem Haufen."

„Ach, bei uns wird auch gesoffen", entgegnete Ralli leichthin, „eigentlich ja überall."

„Das Allererste, was wir machen, wenn wir zu einem neuen Bohrplatz kommen", nahm ich den Faden noch einmal auf, um ihm das Ganze zu verdeutlichen, „das ist, gleich mal mit dem Geländewagen die Kneipe im nächstgelegenen Dorf zu suchen, da ranzufahren und am Aushang zu gucken, wann sie zu hat. Echt, das ist wie 'n Ritual. ‚*Dienstag Ruhetag*' bedeutet zum Beispiel, man darf nicht vergessen, sich spätestens Montagabend 'ne große Flasche zu kaufen. ‚*Willst du morgen 'ne Pulle saufen, musst du vorher eine kaufen*', das ist ihr Spruch. Das kommt ganz oben auf dem Merkzettel, und damit wäre die wichtigste Frage des Daseins geklärt."

Ansonsten blieb nämlich nur, am betreffenden Abend bei sämtlichen Kollegen reihum nach einer Flasche ‚Kumpeltod' zu betteln, die vielleicht noch jemand in seinem Wohnwagen in irgendeiner Ecke stehen hatte, denn wir kriegten ja auch Deputatschnaps wie die Bergarbeiter, den sogenannten ‚*akzisefreien Trinkbranntwein*', wie er offiziell hieß. Aber das hatte ich Ralli früher schon erzählt.

Seltsam, wunderte ich mich plötzlich, denn mir fiel gerade auf, dass ich ja momentan selber in meiner Freizeit viel zu viel über die Arbeit redete, genau wie meine Kollegen abends in der Kneipe.

Anke und Elke kamen wieder zurück an unseren Platz, zusammen mit ein paar kleineren Kindern.

Elke begann in ihrer großen Badetasche zu wühlen.

„Bestimmt ganz unten", seufzte sie, „irgendwo müssen noch ein paar Kekse *ta trinn* sein."

Einen Moment später hatte sie die gesuchte Packung gefunden, die sogleich geöffnet und restlos unter den Kindern aufgeteilt wurde.

„Rate mal, wie ich heiße", sprach mich unterdessen ein vielleicht vierjähriger Junge an, den ich in den letzten Tagen schon öfter hier oder irgendwo im Dorf gesehen hatte. Wie selbstverständlich griff er dabei nach meiner Hand, mit großen Augen auf meine Reaktion wartend.

„Hm", tat ich nachdenklich, „heißt du etwa...".

Ich machte eine dramatische Pause, legte den Zeigefinger an die Nase und blickte konzentriert mit zusammen gekniffenen Augen angestrengt nach oben. „Heißt du etwa Rumpelstielzchen?"

„Nein.", wand er sich und lächelte verlegen, und alle ringsum gackerten.

„Der heißt Rico", verriet eins der anderen Kinder vorlaut, und eine Stimme aus dem Hintergrund tönte naseweis: „Man soll nicht schwindeln, stimmt 's?" Nach und nach liefen sie alle zum Wasser runter, um sich die Füße zu waschen und anschließend in ihre Sandalen zu schlüpfen. Offenbar wurde es für die meisten allmählich Zeit für den Heimweg.

„Ich glaub, wir müssen auch langsam los", stöhnte Elke und sah zu Anke rüber, und Ralli streckte sich und setzte sich ebenfalls auf. Unschlüssig sah ich mich um und überlegte, ob ich noch einmal ins Wasser gehen sollte, aber dann schloss ich mich dem allgemeinen Aufbruch an.

Wir packten zusammen und zogen uns an, und als ich Ralli beiläufig nach seinem Moped fragte, schüttelte er den Kopf und sagte: „Hab meine Harley vorhin erst geputzt, muss ich mir nicht gleich wieder einsauen. Bin diesmal hergelaufen."

„Na dann, alter Sandlatscher, los geht 's", ermunterte ich ihn, und wir machten uns auf den Rückweg. Anke und Elke waren zwar mit ihren Fahrrädern gekommen, aber sie schoben sie ganz selbstverständlich neben sich her; anscheinend wollten sie uns das Stück zu Fuß begleiten.

Um sie für diese freundliche Geste zu entschädigen, fühlte ich mich ein bisschen verpflichtet, keine Langeweile aufkommen zu lassen.

„Als ich so sechs, sieben Jahre alt war", begann ich daher aufs Geratewohl, „da dachte ich immer, wenn abends die Ansager im Fernsehen die Zuschauer begrüßten, dass das ‚Guten Abend, meine Damotern' heißt. Also dass das ein einziges Wort wäre, ‚Damotern', so wie ‚Publikum' ungefähr. Komisch, oder?" Anke lächelte spöttisch.

„Ja", machte ich gleich weiter, „und unser Fernseher, der war dann die eine Zeit lang immerzu kaputt, das Bild flackerte und was weiß ich. Jeden Donnerstag, wenn der Fernsehfritze aus der Stadt im Dorf war, dann kam er bei uns ran. Wechselte eine Röhre, drehte hier was und stellte da was ein; mal ging 's besser, mal so lala. Na egal, auf jeden Fall dauerte es Wochen, bis wir die eigentliche Ursache selber rauskriegten: Es waren unsere Flugenten, die öfter mal oben bis aufs Hausdach flatterten und da am Antennenkabel mit ihren Schnäbeln rumknabberten! Wir haben ihnen die Flügel gestutzt und ein paar Meter neues Kabel eingezogen, und alles war wieder gut."

„Au weia", rief Elke, „na da soll einer mal drauf kommen!"

Danach erzählte Anke, dass ihre Klasse vor ein paar Jahren ‚Robinson Crusoe' in den Ferien hatte lesen sollen und wie dann gleich am ersten Schultag zwei Schüler nach vorn an die Tafel gerufen worden waren.

„Naja", lachte sie, „und ausgerechnet Udo, der natürlich keine einzige Seite von dem Buch gelesen hatte, war dabei. Pech für ihn, aber er blieb ganz locker. Jedenfalls, eine Frage lautete so ungefähr: ‚Was hat Robinson auf der Insel gemacht?', und Udo schrieb ohne mit der Wimper zu zucken an die Tafel: ‚Er ging in den Konsum und kaufte sich mal was anderes.' Ist das nicht total witzig?"

Alle vier schütten wir uns aus vor Lachen, obwohl ich sicherlich der einzige war, der diese Geschichte gerade zum ersten Mal gehört hatte.

„Udo wird heute noch öfter gefragt, ob er sich mal wieder was anderes gekauft hat", feixte Ralli. „Den Spruch kennt inzwischen die halbe Schule."

„Ist ja auch irgendwie ein genialer Versuch", erwiderte ich, „also wenn man das Buch überhaupt nicht gelesen hat, meine ich. Denn das trifft ja wohl irgendwie fast immer zu, dass einer mal irgendwann in den Konsum geht und was einkauft. Außer auf einer einsamen Insel natürlich, da hat der arme Udo leider Pech gehabt."

Mittlerweile waren wir im Dorf angelangt und die Häuser von Ralli und seinen Nachbarsmädchen kamen in Sicht. Ich wollte mich schon fast verabschieden, da schlug Ralli vor: „Bleibst du noch 'n bisschen? Ich komm nochmal raus, eine rauchen."

„Ich auch", meinte Anke schlicht, „bloß schnell die Sachen reinbringen."

„Okay", brummte ich und blickte mich um. Gegenüber lagen zwei tonnenschwere Findlinge am Rand der staubigen Dorfstraße, hinter einer großen Linde, und daneben stand eine alte Holzrampe, auf der wohl früher die Milchkannen zum Abtransport gesammelt worden waren. Da hatte ich Ralli schon mal mit einem seiner Kumpel drauf sitzen sehen.

Vorsichtig stieg ich die paar morschen Holzstufen empor und hockte mich auf die hölzerne Rampe. Hinter den Gärten färbte sich der Himmel rot, ein paar Schwalben zischten über mich hinweg. Irgendwo war ein Fenster offen, man hörte Geschirr klappern, in der Ferne knatterte ein Moped.

Nach einer Weile erschien Ralli mit zwei Flaschen Fruchtbrause, kam zu mir auf die Rampe und drückte mir eine davon in die Hand.

Drüben auf dem Gehöft sah ich hinter dem Zaun kurz Elkes blonden Schopf aufblitzen, und ich hörte, wie sie jemandem zurief: „Du sollst aber noch *ta traußen* die *Plumen* gießen."

Ralli steckte sich eine Zigarette an und ließ stumm die Beine baumeln.

Kurz darauf wurde drüben die Hoftür geöffnet und Anke trat mit einem aufgerollten Gartenschlauch unter dem Arm vor das Haus, das vordere Ende abgeknickt.

„Dauert noch 'n bisschen", ließ sie uns wissen, und missmutig fing sie an, den kleinen Blumengarten vor ihrem Haus zu wässern.

„Die haben es auch nicht leicht", seufzte Ralli leise, und dann weihte er mich mit gedämpfter Stimme in die verworrenen Familienverhältnisse seiner Nachbarn ein. Die beiden Mädchen wohnten in dem Haus nur mit ihrer Mutter und dem einbeinigen Opa, der aber nicht der Vater der Mutter, sondern der ihres früheren Ehemannes war. Die Mutter hätte das Haus wohl am liebsten verkauft und wäre mit den Mädchen in die Stadt gezogen, bloß dazu hätte sie erstmal jemanden finden müssen, der danach an ihrer Stelle in der örtlichen LPG, der ‚Landwirtschaftlichen Produktionsgenossenschaft', arbeiten würde, und das wollten bekanntlich die wenigsten. Also blieb sie aller Voraussicht nach bis ans Ende ihrer Tage an ihr Grundstück gefesselt und musste weiter auf den Äckern der Genossenschaft malochen.

„Fährt der Opa so 'ne Behindertenkarre, so 'n *Schwalbe*-Moped mit 'ner Plane drumrum?", fragte ich. „Das komische Ding hab ich nämlich auch schon gesehen."

„Ja", bestätigte Ralli und nickte, „mit dem Gerät eiert er manchmal in die Stadt, zum Einkaufen, oder zum Arzt, was weiß ich."

Er drückte die Kippe aus und schnippte sie auf das bucklige Kopfsteinpflaster der Dorfstraße.

Anke war anscheinend fertig mit dem Blumen gießen; sie krickte den Schlauch ab, rollte ihn wieder auf und brachte ihn zurück auf den Hof.

„Bloß das Schlimme ist", ließ Ralli mich noch wissen, „wenn der Alte besoffen ist und seinen Koller kriegt, dann verprügelt er Anke und Elke. Zumindest weiß ich das von früher."

„Was?", rief ich betroffen, doch Ralli flüsterte nur noch: „Behalte das aber für dich, okay?" und machte „psst", denn in dem Augenblick kam Anke aus der Hoftür.

Einen Moment später stand sie bei uns und schnorrte von Ralli eine Zigarette, und auch er steckte sich nochmal eine an.

„Der kann mich mal", knurrte sie halblaut vor sich hin und warf einen verächtlichen Blick über die Straße, hielt ihre Hand mit der Zigarette aber stets hinter dem Stamm der Linde versteckt.

„Das sind unsere Ureinwohner", bemühte sich Ralli um ein unverfängliches Gesprächsthema und wies demonstrativ lächelnd auf die beiden Findlingsblöcke zu unseren Füßen. „Die sind schon ewig hier. Wer weiß, wem die mal aus der Hosentasche gefallen sind."

„Die hat die Eiszeit mitgebracht, irgendwo aus Skandinavien", antwortete ich leichthin, „die sind eigentlich fremd hier. Oder vielleicht sind das Geschenke vom Weihnachtsmann, der wohnt doch da oben irgendwo, hoch im Norden. Legosteine aus Lappland, unterwegs eingesammelt. Wer weiß?"

Ich zuckte mit den Schultern und lachte kurz auf.

„Nein im Ernst", sagte ich, „nach allem, was man zu wissen glaubt, ist das zwar etliche tausend Jahre her, aber nicht länger. Vom Gletschereis hergeschoben und hinterher liegen geblieben."

„Tja, und hier war bestimmt genau die Kante", grinste Ralli. „Bis dahin ging das Eis, und wo unsere Häuser stehen, da fing es an wegzutauen."

Wir schwiegen eine Weile.

„Sagt mal, wer wohnt hier eigentlich, auf der kalten Eisseite?", erkundigte ich mich und zeigte auf das Haus unmittelbar hinter uns, was offenbar leer stand.

„Das gehörte Oma Bölke", erwiderte Anke. „Die ist gestorben, vor zwei Jahren oder so."

Ich ließ meinen Blick über das Haus und das dazu gehörige Grundstück schweifen. Bisschen verwildert das alles, dachte ich. Aber wahrscheinlich billig zu kriegen, und vermutlich sogar ohne LPG-Mitgliedschaft auf Lebenszeit.

„Mal sehen", murmelte ich, „kann ich ja kaufen und herziehen? Dann sind wir Nachbarn."

„Ja mach doch!", stimmte mir Anke sofort freudig zu. „Das wäre was! Echt, endlich mal was los hier in dem Kaff!"

„Auf jeden Fall hätte ich dann 'ne prima Postanschrift", überlegte ich laut und wackelte dazu nachdenklich mit dem Kopf. „*Haus bei den Findlingen an der Eiszeitgrenze, gegenüber von Ralli, Anke und Elke, fünf Kilometer östlich vom Mittelpunkt der Erde.* Na also wenn das nicht fetzt!"

„Das kommt garantiert an", stimmte mir Anke lachend zu, und auch Ralli nickte.

Die Grillen zirpten nun deutlich vernehmbar in den Gärten, es dämmerte, und wir redeten noch ein bisschen weiter über dies und das. Ein Moped mit eingeschaltetem Scheinwerfer kam gemächlich angeholpert, den größten Senken im ausgeschlagenen Straßenpflaster ausweichend.

Der Fahrer grüßte, wir grüßten zurück.

„Das war Jauchepaule", erläuterte Ralli, „der fährt immer so 'nen MTS-50-Trecker wie der bei euch am Bohrturm, meistens auch mit fast genau so 'nem Anhänger. Nur dass bei euch Wasser drin ist und bei ihm Jauche. Oder Gülle."

„Jauchepaule", kicherte Anke, „die haben ihn auch schon mal verscheißert und 'Pierre de Guellé' genannt. Und davor, als er oben den Kuhstall ausgemistet hat, da war er Mister Ausmister, oder Lord Kacke. Der Typ hat ziemlich einen anne Klatsche, kannste glauben."

Allmählich wurde es dunkel, das letzte Dämmerungslicht im Nordwesten verblasste, die Mondsichel trat jetzt klar sichtbar über dem Wald hervor und immer mehr Sterne kamen raus. Einmal ging drüben das Fenster auf und Ankes Mutter rief nach ihr, aber Anke erwiderte bloß „jaja" und das war 's. Sie rauchte lieber mit Ralli noch eine.

Ich hielt den beiden einen kleinen Vortrag über die Multispektralkamera MKF 6 auf der sowjetischen Raumstation, und über Infrarotaufnahmen und diverse Spektralbereiche. Angeblich hatte man vom Kosmos aus sogar schon zufällig eine Schwarzbrennerei in der Taiga entdeckt, so war es zumindest von den Geologen behauptet worden. Offenbar hatte sich durch die Abfälle der Destille die Vegetation im Umkreis leicht verändert, eigentlich zwar kaum merklich, aber auf den Fotoaufnahmen aus dem All war es dennoch plötzlich erkennbar gewesen, so dass man aus reiner Neugier einen Erkundungstrupp entsandte, der dann die Schnapsbude als Ursache vorfand.

„Wer weiß", sinnierte ich halblaut, „in fünfzig Jahren, da bohren wir bestimmt schon auf dem Mond unsere Löcher. Wir im Raumanzug, alles voller Mondstaub, und mit eigenem Gewächshaus."

„Vor allem mit eigener Brennerei!", flachste Ralli, und wir lachten alle drei.

„Du kannst gut erzählen", sagte Anke leise, „und wenn du was erklärst, versteht man es immer."

Ein paar Minuten später rief Ankes Mutter wieder nach ihr, und diesmal schien sie keinen weiteren Aufschub zu dulden.

„Ich muss auch rein, morgen früh klingelt der Wecker", seufzte Ralli und sprang von der Rampe. Also ließ ich mich ebenfalls runterrutschen, und wir verabschiedeten uns.

„Vielleicht bis morgen am See, oder übermorgen, wenn das Wetter so bleibt", rief ich ihnen noch hinterher und machte mich dann auf den Weg zu unserem Camp.

Unterwegs spielte ich ein bisschen die Möglichkeiten durch, falls ich hier oder irgendwo in der Nähe tatsächlich ein kleines Häuschen kaufen würde. Ja, die Natur ringsum gefiel mir, eigentlich auch die Leute, aber reichte das? Als was wollte ich denn arbeiten, wie sollte das hinhauen?

Beim Näherkommen sah ich in Herberts Wohnwagenhälfte das bläuliche Schimmern seines Fernsehers, wie es flackernd an den Rändern der zugezogenen Gardinen nach draußen quoll, und ich hörte irgendein albernes Publikum übertrieben laut lachen. Es klang, als ob es sich über mich lustig machen würden: 'Haha, der Bohrer-Hiwi will aufs Dorf ziehen und in seinem Kräutergarten Fusel brennen, haha! Was für eine Schnapsidee!'

"Erstmal ordentlich einen rauslassen", gab mir Achim lapidar auf mein „Guten Morgen" zurück und schloss die Tür der Toilettenkabine hinter sich.

Kurz danach kam Herbert mit dem Duschhandtuch über der Schulter die Eisentreppe hoch gestapft, der ganze Waschwagen erbebte.

„Moin", nuschelte er und gähnte ungeniert, ohne sich die Hand vor den Mund zu halten.

„So, jetzt wird entkeimt", sprach er zu seinem Gegenüber im Spiegel, stellte seine Waschtasche auf dem Wandregal ab und ging zu einer der Duschen. Ich sah seine Krampfadern und Narben am Bein, die er sich, so wie er des Öfteren betonte, beim Gleisbau an der sibirischen BAM, der Baikal-Amur-Magistrale, und beim Rohre schweißen an der Druschba-Trasse, der legendären sowjetischen Erdgasleitung, weggeholt hatte. Manchmal erzählte er irre Geschichten vom Schuften in irgendwelchen russischen Einöden, wo jungen Kerlen sämtliche Zähne ausfielen, allein schon wegen der hygienischen Bedingungen vor Ort, die zumindest seinen Schilderungen nach unter aller Sau gewesen sein mussten. Aber wie auch immer, letztendlich hatte er sich ja damals freiwillig für all diese Abenteuer gemeldet und davon auch hinterher sein Haus und sein Auto abbezahlt.

Benno war morgens prinzipiell der Letzte im Waschwagen, er trank zuerst in Ruhe seinen Kaffee, ging danach auf Toilette, rasierte sich sorgfältig und putzte sich zum Schluss noch schnell die Zähne. Meistens jedenfalls.

Frühstück aß jeder für sich in seiner Butze, je nachdem, was man so im Wandschrank vorrätig hatte. Aber egal in welcher Reihenfolge und wie ausgiebig auch immer man seine Morgenroutine erledigte, Hauptsache man stand am Ende pünktlich draußen, wenn es Richtung Bohrplatz losgehen sollte. Wobei ‚pünktlich' hieß, wenn Herbert abfahrbereit war, was wiederum durchaus auch von der Menge des am Vorabend konsumierten Alkohols abhängen konnte. Vor Herbert draußen stehen und auf ihn warten, das ging in Ordnung, aber nach ihm oder erst auf sein Hupen hin aus dem Abteil gehastet zu kommen, das sorgte schon am Morgen für dicke Luft.

Draußen am Turm warfen wir zuerst den Dieselgenerator an, denn der ‚Fahrtenschreiber' musste ja laufen, und da zählte natürlich jede Minute. Danach nahmen wir überall gemächlich die Abdeckungen runter, schlossen Aufenthalts- und Werkstattwagen auf, zogen die verkrusteten Stiefel an, setzten unsere Helme auf und brachten die Ausrüstung und das benötigte Werkzeug aus dem Wagen nach draußen.

„Kann losgehn!", rief Herbert schließlich und schaltete die Seilwinde ein, während ich mir die Handschuhe anzog und den Schmiertopf mit dem Pinsel zurecht stellte, den mir Achim gerade neu aufgefüllt hatte.

„Musst aufpassen", schrie er gegen den Motorlärm an, „das ist das verfluchte Graphitfett, das kriecht! Das Zeuch haste sonst nachher inne Stiefel drin und überall! Das ist Fakt, ich sags dir!"

Ich nickte und trottete mit dem Schäkelverbinder der Seilwinde in der Hand ein paar Schritte zur Seite rüber, zum gestern dort abgelegten dicken

Kernrohr, das nun mittels der Hebevorrichtung vorsichtig angehoben, über dem Drehtisch positioniert und dann Stück für Stück ins Bohrloch hinabgelassen wurde, bis es am letzten oberen Knubbel mit der Stahlmanschette fixiert werden konnte. Damit war der Anfang gemacht. Anschließend löste ich den Schäkelverbinder und ging mit ihm zum ersten der auf dem Gestell wartenden Eisenrohre, um ihn da am vorderen Ende aufzustecken. Danach lief ich zügig zum hinteren Rohrende und hob es vom Bock, und Herbert zog mit der Winde vorn an, während ich gleichzeitig mit meiner schweren Last in den Händen breitbeinig wie ein Wackelmann bis zum Drehtisch vorstolperte, so dass die massive Röhre zu guter Letzt schön senkrecht im Turm hing. Bevor ich die Maschinenzange ansetzte, pinselte ich das Kegelgewinde der lose vor meiner Nase schwankenden Bohrstange erst noch generös mit Graphitfett ein und setzte es auf das vom Drehtisch fixierte Ansatzstück des Kernrohrs. Dann drückte ich den Einschaltknopf des Elektromotors, der mit voller Wucht gegen die Zange schlug und damit die Rohrenden fest verschraubte.

So wurde ein Zehn-Meter-Rohr nach dem anderen im Loch versenkt, bis wir ganz unten bei gut siebzig Metern angelangt waren, da wo wir gestern aufgehört hatten, und Herbert die Bohrrotation einschaltete.

„Schwing du dich mal kurz auf ’n Bock!", rief er zu Achim und kletterte von der Anlage runter, um gleich darauf ein paar Meter dahinter ins Gelände zu pinkeln.

Achim blieb noch eine Weile oben sitzen, weil Herbert erst zum Aufenthaltswagen ging und sich in Ruhe etwas zu trinken holte.

„Ich geh mal Pilze suchen, nur ’ne Stunde", schrie Achim in Herberts Ohr, als sie wieder wechselten, „will nur mal gucken, ob sich ’s lohnt!"

Er schnappte sich einen der Spankörbe, in denen vor ein paar Wochen mal Erdbeeren gewesen waren und die seitdem in einer Wagenecke gelegen hatten, und verschwand im Wald.

Alles lief ruhig, die Anlage ratterte vor sich her, und während der nächsten Stunde half ich Benno nochmal beim Schweißen der Wandgarderoben. Denn gestern in der Kneipe, da hätte es zwei neue Bestellungen aus dem Dorf gegeben, erfuhr ich.

Beim Ausbauen der ersten Bohrstange setzte ich mit dem vorderen Ende einmal ganz kurz auf und schrammte leicht am sandigen Boden der Auslaufstrecke entlang, bevor ich das Rohr doch noch sicher in die Waagerechte nach hinten brachte und auf dem Gestell ablegen konnte. War ich zu langsam gelaufen, wunderte ich mich? Oder hatte Herbert die Winde zu schnell abgelassen? Er grinste, als ich wieder nach vorn zum Drehtisch kam. Hatte er das etwa mit Absicht gemacht? Natürlich war nichts weiter passiert, ich musste nachher bloß den dadurch aufgespießten Dreck aus dem Rohrende rausstochern und alles nochmal neu einfetten. Oder sollte das vielleicht witzig sein?

Das nächste Rohr wurde problemlos rausgeholt und abgelegt, aber beim dritten klemmte plötzlich irgendwas. Ich dachte zuerst, Herbert würde sich einen weiteren seiner merkwürdigen Späße erlauben, doch an seinem Gesicht sah ich, dass es diesmal ernst war. Die Hebevorrichtung ächzte und der Turm zitterte, aber der Bohrstrang bewegte sich nicht, egal wie sehr Herbert mit all seinen Hebeln hantierte. Anscheinend steckte die Kiste wirklich fest.

Zwar hatte ich abends in der Kneipe schon öfter dabei gesessen und zugehört, wenn sich die alten Hasen über derartige Pannen unterhielten, aber jetzt war es real. Vielleicht verlief die Bohrung nicht ganz senkrecht und das Gestänge hatte sich verkantet? Oder die Wände des Bohrlochs waren an einem bestimmten Punkt zusammengefallen, oder zugequollen, so dass das dicke Kernrohr nun unten irgendwo festhing? Sowas passierte manchmal, besonders wenn die Spülung zu dünn war und den Abrieb vom Bohren nicht genügend von unten nach oben trug. Durch den Kleister dickflüssig und vor allem durch das eingerührte Tonmehl auch schwer musste die Pampe nämlich sein, damit sie überall von innen für den nötigen Gegendruck auf die Bohrlochwände sorgen konnte. Verdammter Mist, dachte ich, denn war die Spülung schuld, war ich schuld, zumindest für Herbert, davon durfte man wohl ausgehen. Jedenfalls kamen viele Ursachen für eine festgefahrene Anlage infrage, aber es gab keine Patentlösung, wie man sie wieder frei kriegte und sicher aus so einer Situation raus manövrierte. Denn zerrte man zu lange und mit voller Kraft an den Rohren, dann konnte das Bohrgestänge auch gänzlich abreißen und auf Nimmerwiedersehen in der Tiefe verschwinden, und das wäre eine ziemliche Katastrophe.

Herbert saß oben und fuhrwerkte immer nervöser an all den Schalthebeln; mal zog er, mal drückte er, mal versuchte er es mit ruckeln. Wie bei einem steckengebliebenem Auto, vor und zurück und mit Schwung. Der ganze Turm vibrierte, die Winde jaulte, die Seitenstützen quietschten.

„Los, holt den Bello!", brüllte er Benno und mich an, und die Anspannung war ihm deutlich anzumerken. Bello war der Zehn-Kilo-Hammer, der immer dann zum Einsatz kam, wenn nichts anderes mehr ging.

Benno rannte zum Werkstattwagen und brachte den Hammer, und in der nächsten Viertelstunde droschen wir immer reihum auf irgendwelche von Herbert unten am Gestänge angeklemmten riesigen Kettenzangen ein, während er dann wieder oben von seinem Platz aus alle möglichen Tricks mit der Winde probierte. Offenbar wollte er durch Ziehen und Drücken bei abwechselndem Vorwärts- und Rückwärtsdrehen den Strang lockern. Zwischendurch versuchten wir es auch mit einem etwa zwei Meter langen Rohr, das wir auf eine der Zangen steckten, um die Hebelwirkung zu vergrößern. Übrigens sollte an dieser Stelle vielleicht noch erwähnt werden, dass bei all diesen Aktivitäten erneut reichlich weiße Männerarschritzen zur Besichtigung freilagen, umrahmt von lächerlich pastellbunt gemusterter Unterwäsche. Was diesmal freilich überhaupt nicht lustig war, sondern eher gefährlich, denn jetzt nur ein falsches Wort, ein dummes Grinsen, und man kriegte womöglich den dicken Bello ins Kreuz.

Wir hämmerten wie die Irren, immer Stahl auf Stahl, wir zerrten und rüttelten an sämtlichen Gerätschaften, der Schweiß brach uns aus allen Poren, und tatsächlich, allmählich kam Bewegung in die Sache. Bei jedem Hoch und Runter mit der Winde wurde die freie Strecke länger, und endlich fuhr das Hebewerk bis ganz nach oben durch, und die Bohrstange hing bereit zum Ausbauen im Turm. Genau in dem Moment, als Achim aus dem Wald heraustrat und ganz unschuldig zu uns an den Turm schlenderte, mit einer mickrigen Handvoll Pilze im Körbchen.

Natürlich verpasste ihm Herbert einen gewaltigen Anschiss, aber glücklicherweise ging der größte Teil davon im Dröhnen des Generators unter. Er schnauzte ihn an, dass er viel zu lange weggeblieben wäre und überhaupt, dass er doch am Geräusch der Anlage selbst von weitem hätte hören müssen, dass hier gerade etwas verdammt brenzlig gewesen war. Aber weil das Ganze nun nochmal glimpflich ausgegangen war, gab auch Herbert relativ schnell Ruhe. Erleichtert saß er auf seinem Stammplatz, wischte sich den Schweiß von der Stirn und bediente wie immer die Winde, und ich baute am Drehtisch eine Stange nach der anderen aus, lief damit nach hinten und legte sie auf dem Gestell ab, bis schließlich das Kernrohr in Sicht kam. Und gottseidank war damit alles in Ordnung; unbeschädigt und in voller Länge glitt der mit Druckluft heraus gepresste Kern direkt in die bereit gelegten Holzkisten, als wäre das alles nur ein fröhliches Kinderspiel im Sandkasten.

Zum Mittagessen fuhren wir wie jeden Tag ins Dorf, zur LPG-Küche. Eigentlich war es ja offiziell die Schulküche, aber jetzt in der Ferienzeit wurden dort bloß die Mahlzeiten für die Traktoristen und Mähdrescherfahrer draußen auf dem Feld zubereitet, und eben zusätzlich für uns. So hatte das unsere Zentrale schon oft vorab für einen neuen Standort organisiert, Mittagsverpflegung in irgendeiner Betriebskantine vor Ort, oder manchmal sogar in der Dorfgaststätte. Je nach Bedarf, und im Prinzip klappte das auch reibungslos.

Heute gab es Gulasch mit Kartoffeln, und wir hatten den ganzen Speisesaal wieder für uns.

„Denkt dran, Männer", erinnerte uns Herbert beim Essen, „irgendwann am Nachmittag trudelt der Geologe ein, also ab jetzt immer den Helm auf!"

Wir nickten alle.

Er wandte sich Benno zu: „Und lass die halbfertigen Garderobendinger verschwinden, das muss der nicht sehen. Schmeiß den Kram unter den Gestängewagen, oder so."

Benno nickte ein zweites Mal, und schweigend aßen wir weiter.

„Bis morgen, hat geschmeckt wie bei Muttern", bedankten wir uns hinterher bei den Küchenfrauen, und sie lachten freundlich.

„Muss mal kurz in 'n Konsum rüber", brummte Herbert draußen, und mir fiel ein, dass morgen die Kneipe ja Ruhetag hatte und Herbert und Achim sich deshalb jetzt jeder eine große Flasche kaufen würden. Immer das Gleiche, dachte ich. Nicht wie Robinson, der sich im Konsum wenigstens mal was anderes gegönnt hatte.

Draußen vor den Laden standen ein paar Kinder, einige mit Fahrrädern. Sie waren durch die Bank braungebrannt und sehnig, die Mädchen dürre

Heringe, aber allesamt fröhlich. Bestimmt würden sie nachher wieder den ganzen Nachmittag lang am See liegen.

„Hello Mister", rief mir einer der Jungen zu, den ich schon ein paarmal gesehen hatte, und ich erwiderte „Hello, my friend", und alle kicherten los.

Ein anderer hatte sich einen großen Stoffbeutel mit langen Henkeln um den Hals gehängt, wahrscheinlich war sein Badezeug da drin.

„Ich bin ein Bernhardiner mit Rumfass und muss Lawinenopfer retten", blödelte er, klopfte sich auf die Tasche vor seiner Brust, bellte und hechelte und machte übertriebene Schluckgeräusche und zog alberne Grimassen, und die umstehenden Kinder prusteten entweder los oder zeigten ihm grinsend einen Vogel.

Na du bist wohl der Klassenclown, dachte ich bloß, sagte aber nichts weiter dazu.

Der Geologe kam ziemlich spät am Nachmittag zu unserem Platz raus, das heißt, es waren sogar zwei, die aus ihrem Geländewagen stiegen. Sie begrüßten uns alle kurz mit Handschlag und unterhielten sich zu Anfang zunächst eine ganze Weile mit Herbert, bevor sie sich an das Sichten der Bohrkerne machten.

Herbert stand daneben mit seinem Logbuch oder Bohrjournal oder wie auch immer das Ding heißen mochte, fachsimpelte mit ihnen und gab ihnen die gewünschten Daten. Sie schienen zufrieden zu sein.

Gegen halb sieben machten wir alle zusammen Schluss *(der Diesel lief heute nicht länger)* und fuhren ins Camp, und nachdem wir uns gewaschen und umgezogen hatten, ging 's in die Kneipe.

Die Geologen kamen sogar mit, aber eigentlich nur um etwas zu essen, denn sie wollten hinterher gleich weiter ins Hauptlager.

„Sechsmal Bohrerbrause", bestellte Herbert bei der Kellnerin das Bier, "und wegen Essen geben wir gleich Bescheid."

Doch der eine Geologe korrigierte sofort auf fünf plus eine Cola.

„Null Komma null Promille, ich muss nachher noch fahren", erklärte er.

„Also fünf Bier plus eine Cola", wiederholte die Kellnerin, und an Herbert gewandt: „Hier heißt das Maurerbrause, Jungs, hab ich euch doch schon mal verklickert."

Man schien sich also bereits ganz gut zu kennen.

Der Abend lief ein bisschen zäh an. Wir bestellten unser Essen, das auch recht schnell kam, und tranken dazu gemütlich unser Bier. Die Unterhaltung kreiste natürlich stets um die Arbeit, und so erfuhren wir auch einiges von den anderen Brigaden und über unsere demnächst geplanten Bohrplätze. Nach dem dritten Glas brachte Herbert schließlich sogar das zeitweilig feststeckende Gestänge von heute Vormittag zur Sprache *(wer sonst ? - von uns anderen hätte das wohl besser keiner ausposaunt)*, aber er spielte die Sache natürlich herunter. Mit seiner Erfahrung hätte er eben alles jederzeit im Griff gehabt und so weiter. Die Geologen gaben ihm ein paar Ratschläge und versuchten vorherzusagen, wo aufgrund der hiesigen Schichtenabfolge eventuell weitere Gefahren lauern könnten und demzufolge besondere Vorsicht geboten wäre.

Aufmerksam lauschte ich ihren durchaus interessanten Ausführungen über Tektonik und Gesteinsarten, verstand oftmals jedoch nur herzlich wenig. Denn was bitteschön genau war eigentlich Geschiebemergel, oder Schluff, und Löß und Bänderton? Außerdem sagte der eine statt 'Marsch' auch öfter mal 'Round Trip', oder war das bloß eine Marotte von ihm?

Immerhin gelang es mir, ihnen sogar einige – zumindest für meine Begriffe – sensationelle Informationen zu entlocken. So berichteten sie unter anderem über eine Tiefenbohrung auf der russischen Halbinsel Kola, die bereits sagenhafte elf Kilometer erreicht haben sollte!

Nach gut einer Stunde verabschiedeten sich die Geologen, und wir blieben zu viert zurück.

Zwar war mir klar, dass dies der beste Augenblick gewesen wäre, um mich ebenfalls gleich mit abzusetzen. Aber das Bier wirkte bereits, und außerdem unterlag ich dadurch wieder einmal der Illusion, mit einem bisschen guten Willen von beiden Seiten würden wir am Ende vielleicht doch noch zu einer echten Bilderbuch-Truppe zusammenwachsen. Und da wollte ich doch kein Spielverderber sein, nicht wahr?

Unsere Gespräche kamen allerdings nicht so recht in Schwung.

Achim alias Henry, der seit zwei Jahren geschieden war, ließ sich ein paar vage Bemerkungen über seine neue Flamme aus der Nase ziehen. Offenbar war es aber nichts Festes.

„Die nervt in meiner Bude manchmal schon ganz schön", meinte er. „Ist besser, wenn ich ab und zu mal 'ne Woche weg bin."

Benno erzählte, dass seine Frau neulich im Bad für seinen kleinen Sohn ein paar Seesterne und Muscheln auf die Kacheln geklebt hätte.

„Der Knirps ist seitdem immer ganz aus dem Häuschen, wenn er in der Wanne planscht", freute er sich.

„Warum habt ihr das Ankleben denn nicht mit ihm zusammen gemacht?", rutschte es mir ganz von selber raus. Daran hätte der Kleine doch bestimmt noch viel mehr Spaß gehabt, dachte ich.

„Nö, das muss ordentlich aussehen", bügelte Benno meinen Einwand jedoch kategorisch ab.

Herbert bestellte eine Runde Klaren und tischte Geschichten aus Russland auf. Wie sie in Sibirien als geologischer Vortrupp versehentlich irgendeine ‚Wasserblase' angebohrt hätten, einen unterirdischen Hohlraum, und der hochschießende Springbrunnen dann bei minus dreißig Grad alles ringsum mit meterdickem Eis überzogen hätte.

Ob das wirklich so stimmte, fragte ich mich im Stillen. Oder war das Bohrerlatein?

„Zum Schluss stand nur noch ʼn riesiger Eiskegel in der Landschaft, wie ʼn schneeweißer Vulkan", beschrieb er das Desaster und nickte bedeutungsschwer.

„Bei mir in der Klasse hat damals auch einer erzählt, dass sein Vater an der BAM war", warf ich nach einer Weile ein, „aber dabei hat der in Wirklichkeit im Knast gesessen."

„Ja das kam öfter vor", bestätigte Herbert grinsend. „Wenn alle da mitgebaut hätten, die das behaupten, dann wären wir locker in der Hälfte der Zeit fertig gewesen", feixte er. „Das ist Fakt."

Ich stand auf und ging auf Toilette pinkeln, und als ich wiederkam, stritten sich Achim und Benno anscheinend gerade ein wenig.

„Glaubst du doch selber nicht!", brummte Achim und tippte sich bräsig mit dem Finger an die Stirn.

„Hast da ʼn Nagel inn Kopp, oder ʼne faule Stelle?", gab Benno zurück, und Achim verdrehte angewidert die Augen.

„Nu bleibt mal locker, Jungs", meinte Herbert versöhnlich und hob das Glas, und wir stießen alle vier miteinander an.

Hinterher berichtete Benno von einem merkwürdigen Vorfall aus seinem Nachbardorf. Demnach wären da vor etlichen Jahren Tonnen von

Mineraldünger nicht in einer Halle, sondern ohne Abdeckung einfach schlampig auf dem Feld gelagert worden. Was ja wohl erstmal nicht weiter ungewöhnlich gewesen wäre. Allerdings hätte sich die Verwandtschaft einer Familie, die da alle paar Wochen aus einem anderen Dorf zu Besuch gekommen war, nach geraumer Zeit über den furchtbaren Geschmack des angebotenen Sonntagskaffees beschwert.

„Hin und her, jedenfalls haben die am Ende das Wasser aus ihrem Brunnen untersuchen lassen, was damals gar nicht so einfach war, und das Ergebnis besagte, dass da in der Brühe sämtliche Düngersalze drin waren, und zwar in Höchstkonzentration!", rief Benno etwas zu laut, und er steigerte sich dabei ein wenig in seine Aufregung hinein. „Das war der Grund für den komischen Kaffeegeschmack, und obwohl die alle schon halb vergiftet waren, haben die selber das gar nicht gemerkt! Weil die sich ganz langsam dran gewöhnt hatten! Na stell dir das mal vor!"

Die Angelegenheit wurde nun noch lang und breit erörtert, und schon rollte die nächste Runde Schnaps an.

Ein Witz fiel mir ein: *Darf ein trockener Alkoholiker ausnahmsweise trockenen Sekt trinken? - Antwort: Nur wenn er trockenen Humor hat.* – Aber ich wusste, der wäre hier fehl am Platze gewesen, sie hätten keinen Sinn dafür, das wäre zu intellektuell, zu abgehoben, und deshalb behielt ich ihn für mich. Ebenso wie die Tatsache dass ich unseren Bohrplatz plus Camp oft in Gedanken *Bora Bora* nannte, was ich eigentlich recht lustig fand. Genauso wie meine heimliche Erwiderung auf ihren blöden Spruch: *‚Nur der Wurm bohrt ohne Turm'*, nämlich: *'Nein auch der Lurch dreht manchmal durch'*, die ich ihnen eines Tages noch bei passender Gelegenheit servieren würde. Inzwischen war ich freilich bereits ziemlich angeduselt, das stand fest, und ich kriegte höchstens noch zur Hälfte mit, als wir irgendwann zahlten und ab nach Hause schwankten.

Kaum im Camp angelangt, schaltete Herbert seinen Fernseher ein. Das Ding lärmte und dröhnte auf voller Lautstärke, während er anschließend gemütlich zum Waschwagen rüber stapfte und sich in aller Ruhe aufs Klo pflanzte. Ich hielt es in meinem Abteil nicht aus und stolperte noch einmal an die frische Luft, vielleicht hundert Meter weg vom Camp, wo ich mich ungelenk auf einem Baumstumpf niederließ. Mir war schlecht, hilfesuchend blickte ich hoch zu den Sternen, und plötzlich spürte ich den ersten Schwall aufsteigen, und ich reiherte auf die Wiese zu meinen Füßen.

Das hab ich doch alles vorher gewusst, dachte ich, und Jack Londons ‚König Alkohol' kam mir in den Sinn, das Buch, in dem er genau das ja schon ausgiebig beschrieben hatte. Immer der verfluchte Suff, überall wo Männer waren, und immer auch diese Beschränktheit und Intoleranz dabei, unzertrennlich Hand in Hand. Ihr seid alle so… so verbohrt, dachte ich, ja genau. Verbohrte Bohrer, das trifft 's. Nichts als dumpfe Schädel, dicke Bäuche und Riesenpranken, und weiße haarige Ärsche, natürlich. Nur Spülung, Turm und Stangen, viel mehr seht ihr nicht mehr, und nach Feierabend dann stumpfsinnig in der Kneipe hocken. Ihr wisst am Ende ja gar nicht, wo ihr eigentlich gewesen seid, euer halbes Leben lang. Wühlt tagtäglich bloß im gleichen Matsch, auf der Suche nach irgendwelchen Bodenschätzen, und bemerkt dabei gar nicht, welcher Reichtum schon die ganze Zeit ringsum offen vor euch liegt. Elende Proleten, ihr.

Benommen starrte ich den schwarzen Himmel an, und den dunklen Wald, vor dem unsere Wagen standen, und sehr merkwürdige Gedanken waberten mir durch die Rübe. Ach hätten wir doch bloß in der Kneipe im Nachbardorf gesoffen, wünschte ich mir, dann könnte ich in Zukunft immerhin lässig damit angeben, ich hätte neulich mal so einiges vom *Mittelpunkt der Erde* ausgekotzt. Na wenn das nicht der Ritterschlag der Tiefenbohrer wäre, davon träumte doch jeder Geologe!

Nein, ernsthaft jetzt, ermahnte ich mich, ich wollte den Dingen doch wirklich auf den Grund gehen, verdammt nochmal, und ich begann mir den Kopf über eine Art sozialer DNA zu zerbrechen. Wie wurde eine Brigade, ein Trupp, eine Gruppe zu dem, was sie am Ende war? Aber alles verschwamm, ich konnte es nicht klar in Worte fassen. Ein Hase wurde immer zu einem Hase, überlegte ich, ein Pferd zu einem Pferd. Ein Bernhardiner wuchs zu einem Bernhardiner heran, und selbst bei unsereins war klar vorhersehbar, dass aus einem Babymensch ein erwachsener Mensch werden würde. Aber menschliche Gemeinschaften, Ethnien, Völker, die konnten sich so oder so oder auch gänzlich anders entwickeln, obwohl doch auch sie alle aus einzelnen Menschen bestanden und einst vom selben Punkt aus gestartet waren. Woran lag das, wie entschied sich, wohin die Reise ging? Mit benebelter Birne grübelte ich ein bisschen vor mich hin. Wer oder was bestimmte, wie ein Land, ein Staat, am Ende aussah? Wie die Menschen dort ihr Leben organisierten? Ob in einer Gesellschaft nun Faschismus, Monarchie oder Demokratie herrschte? Wo war die soziale DNA dafür?

Nach einer Weile spürte ich den kühlen Nachtwind stärker, ich begann ein wenig zu frösteln. Aber ich fühlte mich eigentlich ganz wohl hier in meiner dunklen Ecke, die Welt ließ mich in Ruhe und niemand sah mich. Nein, mich zog es nicht zurück in mein Abteil, wo Herberts dämliche Flimmerkiste nebenan plärrte.

Wo seid ihr, oh ihr lieben Flugenten meiner Kindheit, seufzte ich stumm. Kommt und labt euch, knabbert an seinem Antennenkabel! So wie damals bei uns auf dem Hof, als ich noch ein richtiges Zuhause hatte.

Mühsam erhob ich mich, um ins Camp zurück zu tappen, und dabei phantasierte ich einen Schwarm hungriger Möwen herbei, oder aggressive Krähen, Tauben, irgendwas. Hitchcocks 'Vögel', die sich unter irrem Krächzen, Scharren und Flattern durch Herberts Wohnwagendach pickten und schließlich wütend seinen Fernseher bis obenhin zuschissen. Bis das Ding aussah wie ein riesiger Guano-Kegel. Oder wie sein weißer sibirischer Frost-Vulkan.

Am nächsten Morgen war ich natürlich etwas verkatert, aber ich gab mir Mühe, es nicht zu zeigen, und nachdem der erste ‚Marsch' durch war, ging es dann auch einigermaßen.

Da heute unser letzter Arbeitstag in diesem Turnus war, gab es noch einige Sachen zu erledigen bis zur morgigen Übergabe, die planmäßig am Vormittag erfolgen sollte, und zwar schnell und reibungslos. Stress mit der anderen Brigade konnte niemand gebrauchen, weil das verzögerte Heimfahrt bedeuten würde.

Deshalb saß jetzt Achim vorn auf dem Bock und überwachte den Turm, und Herbert brachte im Wagen seine Papiere auf Vordermann.

„Die Ecke da räumt mal auch noch auf", rief er Benno und mir zwischendurch zu und zeigte auf die lose umher liegenden Schweißdrähte.

Eine Viertelstunde später stand er auf und ging zu seinem Dacia, den er neben Bennos Trabbi auf der Wiese geparkt hatte. Die beiden waren heute nämlich vom Camp mit ihrem eigenen Auto zum Bohrplatz gefahren, Herbert diesmal sogar mit Anhänger, und das hatte seinen Grund.

Denn kurz darauf zog er die Plane von den neben dem Werkstattwagen aufgestapelten Zementsäcken runter, die ein Lkw aus der Zentrale neulich angeliefert hatte, und wuchtete zusammen mit Benno drei Stück davon in seinen Hänger. Hinterher half er Benno beim Verstauen von zwei Zentnersäcken in dessen Kofferraum.

Natürlich war der Zement hier eigentlich zur Bohrlochverfüllung vorgesehen, weil es manchmal - je nach Bodenbeschaffenheit - durch die wochenlangen Bohraktivitäten zu unterirdischen Ausspülungen kommen konnte, zu instabilen Hohlräumen, so dass sich an der betreffenden Stelle später eventuell ein Krater bildete, wenn man den Bohrplatz zum Schluss nicht ordentlich verfüllte. Oder ein Traktorist fuhr nach einigen Monaten mit seinen Gerätschaften nichtsahnend über die längst wieder grüne Wiese und sackte plötzlich in ein tiefes Loch, scheinbar aus heiterem Himmel.

Aber andererseits war Zement nun einmal Mangelware, und die neue Veranda am eigenen Haus oder der Garagenanbau ließen sich mit Kies und Wasser alleine eben auch nicht fertig mauern.

Sicherlich würde es schon irgendwie gutgehen, wenn diese eine Bohrlochverfüllung mal etwas sparsamer ausfiele, und falls irgendwann später die Erde sich tatsächlich genau hier auftun und Old Jauchepaule mit seinem schweren Gülleanhänger verschlucken sollte, so wäre das dann eben nichts weiter als unergründliches Schicksal und basta.

Nachdem nun die private Zementversorgung vorerst soweit sichergestellt war, gab es zumindest für Herbert noch eine weitere Angelegenheit zu erledigen. Dazu nahm er die zwei mitgebrachten leeren Benzinkanister aus seinem Anhänger, trug sie zum Dieselaggregat rüber und füllte sie vorsichtig mit der Handpumpe aus einem der dort liegenden 200-Liter-Fässer voll.

Beim ersten Mal hatte ich mich noch gewundert, was er überhaupt damit wollte, da doch hierzulande praktisch niemand einen Pkw mit Dieselmotor besaß, selbst an den Tankstellen bekam man ja Diesel im Prinzip nur für Betriebsfahrzeuge, mit irgendwelchen vorgedruckten Talon-Zetteln. Aber nach und nach hatte ich mitgekriegt, dass dieser Treibstoff für seinen Nachbar gedacht war, der mit einem kleinen selbstgebauten Trecker wohl vor allem Steine und Baumaterial in seinem Dorf transportierte.

„Astreine Kiste", hatte Herbert auch gestern in der Kneipe wieder davon geschwärmt. „Mit 'nem alten ausrangierten Multicar-Motor, sechs PS Diesel, der läuft wie 'ne Nähmaschine. Aalglatt!"

Für diesen Oldtimer besorgte ihm also Herbert nun ab und an ein paar Liter Diesel, die er vom Bohrplatz abzweigte, und als Gegenleistung wurden ihm Ziegelsteine und Kies frei Haus auf sein Grundstück gefahren.

'Eine Hand wäscht die andere', wie es Herbert gestern zufrieden lächelnd zusammengefasst hatte. Und nein, geklaut hätte natürlich niemand etwas, wie er mit Unschuldsmiene betonte, denn VEB hieß bekanntlich Volkseigener Betrieb, und damit gehörte ihm das alles hier ja sowieso ganz offiziell. Zumindest ein bisschen, und mehr hätte er sich ja auch gar nicht genommen.

Um halb sechs waren wir fertig mit dem letzten Ausbauen, das leere Kernrohr lag neben dem Turm, ordentlich mit dem Wasserschlauch abgespült.

Wir trugen die vollen Kernkisten noch in den Werkstattwagen, dann machten wir uns zu dritt auf den Rückweg ins Camp. Benno blieb diesmal etwas länger, er würde später nachkommen.

Was nun anfangen mit diesem Abend, überlegte ich unterwegs. Die Sonne schien noch kräftig, eigentlich bräuchten wir doch bloß direkt zum See fahren und ins Wasser springen, das wäre das Vernünftigste. Und hinterher am Lagerfeuer ein paar Bratwürste grillen, sowas ließ sich doch problemlos organisieren.

Aber für solche Aktionen waren meine Kollegen leider nur selten zu begeistern, selbst an solch einem idyllischen Standort wie hier, mit einem derart schönen Badesee vor der Nase. Stattdessen würden sie heute nach dem Abendessen lediglich noch ihre großen Reisetaschen packen und danach hinterher jeder für sich im Wagen hocken bleiben, mit reichlich Bier und Schnaps auf dem wackligen Sprelacart-Tisch vor sich und in Gedanken bereits bei der morgigen Heimfahrt.

Na von mir aus, dachte ich schulterzuckend, sollten sie machen. Also blieb mir wohl nichts weiter übrig, als gleich nachher wieder allein zum See loszutapern, konstatierte ich nüchtern, und ich bemerkte dabei gleichzeitig, dass ich mich eigentlich bereits richtig darauf freute.

Die Kleine neben Elke hieß Yvonne und war echt witzig.

„Papa hat gesagt, *oh das ist aber ein schlechtes Zeugnis*", hörte ich sie gerade vergnügt drauflos plappern mit ihrer Piepsstimme.

„Hä?", machte Elke verständnislos, „ du hast doch lauter Einsen und Zweien. Was gibt 's denn da zu meckern?"

„Na das Zeugnis ist schlecht, nämlich schlecht für sein Portmonee!", antwortete sie fröhlich und kicherte dabei vor sich hin. „Er jammert immer, weil er mir dafür so viel Geld rausrücken muss!"

Ihr Mundwerk stand nie still, entweder löcherte sie einen mit Fragen oder sie dachte laut nach und ließ ihre Umgebung daran teilhaben.

„Was genau ist eigentlich ein Lurch?", wollte sie nun wissen, denn ich hatte mir von ihr kurz vorher den blöden Bohrer-Merkspruch mit dem Wurm vom Turm entlocken lassen, komplett mit meinem Ergänzungsvers natürlich, und der schien sie jetzt zu beschäftigen.

„Yvonne, Yvonne!", riefen aber im selben Moment ein paar Kinder aufgeregt von der Badestelle, und schon sprang sie hoch und rannte davon.

Ich war erst vor ein paar Minuten aus dem Wasser gekommen, lag mit geschlossenen Augen auf meinem Handtuch und ließ mich von der Sonne trocknen.

Ralli hatte mir beim Schwimmen erzählt, dass wohl morgen im Dorf ordentlich was los sein würde, denn das Wochenend-Grillfest auf der Festwiese zog angeblich immer viele Leute an.

‚Da ist Stimmung', hatte er gemeint, ‚Spanferkel und Schaschlik und so, und Bier. Musst du unbedingt kommen, echt!'

Hm, überlegte ich, warum eigentlich nicht? Ich hatte ja sowieso nichts anderes vor. Denn ob mich Benno nun morgen in seinem Auto bis zum nächsten Bahnhof mitnahm oder ich erst einen oder zwei Tage später mit dem Bummel-Bus oder sonst irgendwie meine Rückreise antrat, um dann in dem winzigen Zimmer bei meiner Mutter die Wand anzustarren, das war im Grunde nun wirklich egal. Außerdem hatte Ralli nebenbei erwähnt, dass Anke bei solchen Gelegenheiten durchaus 'in Stimmung kommen' und 'schon ganz gut was wegschlucken' würde; meist jedoch erst später am Abend und bloß heimlich in dunkleren Ecken, damit es nicht so auffiel. Na wie auch immer, dachte ich, auf jeden Fall könnte ich dadurch einen schönen Sommerabend beim Grillfest unter ausgelassen feiernden Leuten verbringen, selbst wenn daraus am Ende vielleicht auch nicht viel mehr als ein großes Vollfressen mit anschließendem Massenbesäufnis werden würde. Was soll 's? Ich hatte doch nichts zu verlieren.

„Bin gleich wieder da", murmelte Ralli und erhob sich, um nach seinem Moped zu sehen, das weiter oben am Roggenfeld stand. Vielleicht hatte er Angst, dass die Mähdrescher hier heute doch noch auftauchen und alles niedermachen könnten, oder er wollte bloß schnell etwas von seinen anderen Sachen holen.

Ich drehte mich auf den Bauch, streckte mich ausgiebig und genoss weiter die Sonne.

Ein Junge, der meistens in Elkes Nähe kreiste und sie dabei nicht selten auch ein bisschen neckte, bespritzte sie mal wieder mit einer Handvoll Wasser. Lachend wand sie sich unter den restlichen Tropfen, die er hinterher noch zappelnd von sich abschüttelte und bat um '*Knade, Knade bitte*'.

„Nur wenn du 'n bisschen rückst", erwiderte er kess und ließ sich daraufhin an ihrer Seite nieder, und sie begannen sich leise zu unterhalten. Ich hörte ihr Gekicher und Gemurmel und döste vor mich hin.

Plötzlich kam neben uns Unruhe auf, zwei oder drei Kinder begannen sich lautstark zu streiten. Anscheinend ging es um einen Schwimmreifen; der Stöpsel war wohl raus, oder jemand hatte ihn raus gezogen, um die Luft abzulassen.

Träge rollte ich mich auf die Seite und blinzelte erstmal nur mit einem Auge in die Richtung, aus der der Lärm kam. Elke war inzwischen schon aufgestanden und die paar Meter rüber gegangen. Vorwurfsvoll redete sie auf einen vielleicht siebenjährigen Jungen ein, der jetzt ein Stück weiter entfernt schmollend im Sand saß, während sie gleichzeitig einen kleineren, weinenden Jungen tröstend in den Arm nahm. Er machte noch einen dieser besonders für jüngere Kinder typischen Doppelschluchzer (*atmete also beim Weinen zweimal ruckartig hintereinander ein, ohne zwischendurch auszuatmen*), bevor er sich dann langsam wieder beruhigte. Was für ein wundervolles Bild, staunte ich, mittlerweile regelrecht fasziniert von dem Anblick. Denn die schlichte Szene hatte etwas ungemein Friedvolles und Schönes, fand ich. Wie dieses kaum halbwüchsige Mädchen sich so liebevoll und beinahe mütterlich um den betrübten Knirps kümmerte, und wie sie den anderen da im Sand zwar tadelnd zurechtwies, ihm aber dabei mehr ins Gewissen redete als dass sie mit ihm schimpfte, das erschien mir einen Augenblick lang so, als wäre es einfach aus der Zeit gefallen. Diese Kinder. Die Sippe, der Stamm, das ganze Dorf. Alle kannten sich hier und gehörten irgendwie auf eine archaische Art zusammen, keiner von ihnen war allein. Dazu der See und das Schilf, mit den Erlen an der Seite, und dahinter der dunkle Wald.

Ob es einen Maler gab, der das alles genau so einfangen konnte?

Nach einer Weile wandte ich mich um und sah zur anderen Seite. Anke lag knapp einen Meter neben mir, auf dem Bauch. Sonnengebräunt, im orangen Bikini, mager wie eine Langstreckenläuferin. Dieser schmale Rücken. Samtige Haut, und Haarsträhnen, die sich in ihrem Nacken kringelten. Aber vor allem diese Beine, und wie sie oben unter dem dünnen Stoff verschwanden.

Ich drehte meinen Kopf weg und zwang mich, meine Aufmerksamkeit auf das Stück Handtuch vor meiner Nase zu richten.

„Sag mal", fragte ich sie schließlich geradezu, da im Moment niemand sonst in unserer Nähe war, „sag mal stimmt das, dass der Alte zu Hause euch verprügelt?"

Sie machte ein undefinierbares Geräusch, stützte sich auf die Ellbogen, atmete einmal tief durch und antwortete: „Naja, nee. Manchmal schmeißt der mit 'ner Krücke und so und brüllt rum, wenn er besoffen ist. Aber prügeln nicht direkt. Wir verziehen uns dann einfach, bis er sich abreagiert hat."

„Hm", entgegnete ich, innerlich immerhin ein wenig erleichtert, „na sonst muss man da ja wohl was machen, auf jeden Fall. Also echt, der spinnt doch, der Arsch."

Unsere Blicke trafen sich, flackerten, tauchten für ein Sekundenbruchteil tief ineinander ein. Grüne Augen, dachte ich verwirrt, und ich fühlte, wie mir von innen her plötzlich heiß wurde.

Kurz darauf knatterten zwei junge Pärchen auf Mopeds heran. Sie hatten große Decken dabei und ließen sich ein Stück weiter abseits im Gras nieder. Ralli wechselte ein paar Worte mit ihnen und kam danach wieder zu uns.

„Soll ich dich mitnehmen?", bot er mir an, „ich will so in zehn Minuten losfahren."

„Nee danke", lehnte ich ab, „ ich spring gleich nochmal rein und lauf nachher das Stück."

„Alles klar", nickte er und rollte sein Handtuch zusammen.

„Und nicht vergessen", erinnerte er mich, „komm morgen zum Grillfest. Glaub mir, da verpasst du sonst was, echt!"

„Ich überlegs mir", versprach ich. „Aber jetzt geh ich erstmal 'ne Runde schwimmen."

Auf dem Rückweg am Waldrand entlang schoben Anke und Elke wieder ihre Fahrräder und liefen neben mir her, umringt von einem halben Dutzend Kindern.

„Passt auf, da vorne ist rostiger *Traht*!", warnte Elke zwei kleine Jungen, die auf einem dicken Ast, der auf dem Boden lag, seitlich an einer großen Pfütze vorbei balancierten. „Und da *Klasscherben*!"

Vorsichtig passierten wir alle die moddrige Wegstelle, einige machten dabei Späße und andere dachten sich dafür irgendwelche speziellen Schrittfolgen aus, so dass die Aufgabe gleich wieder in ein Spiel verwandelt wurde.

Als wir am Ende des Waldstücks angelangt waren, konnte man seitlich hinter dem Roggenfeld die Spitze unseres Bohrturmes erblicken, über die in der Ferne gerade zwei Düsenjäger steil aufstiegen, aber davon nahm wohl kaum noch jemand Notiz hier.

Die kleine Yvonne, die wie gewohnt die ganze Zeit über schnatterte, hatte inzwischen mit zwei, drei anderen Kindern in ihrer Nähe (und mit leichter Hilfestellung meinerseits) ein drolliges Gedicht verfasst, dass sie nun sichtlich zufrieden (und von gelegentlichem Kichern unterbrochen) vortrug:

> *Der arme Wurm bohrt unterm Turm,*
> *zwei Lurche liegen in der Furche,*
> *daneben spielt ein Elefant im Sand*
> *- und wir sind alle weggerannt.*

Was für ein Kind, dachte ich mit spöttischem Kopfschütteln, aber auch ein bisschen bewundernd, und ich betrachtete einen Moment lang die magere Gestalt mit dem zerschrammten Knie, ihre zerzausten Haare und ihr fröhliches Pippi-Langstrumpf-Gesicht mit den strahlenden Augen.

„Als ich da vor den Ferien den großen Turm auf der Wiese draußen gesehen hab, und die ganzen Wohnwagen drumherum, da dachte ich zuerst, jetzt kommt der Rummel", tat sie freimütig kund. „Dass da so 'n Karussell aufgebaut wird, oder ein Zirkus mit Ponyreiten. Warum kommt sowas eigentlich bloß immer in die Stadt und nie zu uns?"

Sie sprang über den kleinen Graben am Rande des staubigen Feldweges, machte hinterher drei, vier merkwürdige Tanzschritte und verriet uns zum Schluss noch, dass sie zu Hause am liebsten mit den kleinen Entenküken im Garten spielen würde.

„Ja, echt, mit denen kann man sich richtig unterhalten", beteuerte sie. „Wenn man denen was sagt, dann gucken die, machen den Kopf schräg und antworten ,wie-wie-wiiep', und das kann man stundenlang machen. Am besten war es damals im Frühling, als meine Eltern ein paar im Stall aufgezogen hatten, unter einer Wärmelampe. Da war ich jeden Tag bei denen und hab sie mit ganz klein geschnippelten Brennnesseln gefüttert. Das hat Spaß gemacht!"

Später im Wohnwagen kramte ich den Brief von Tommi, einem meiner alten Schulkumpel, aus dem Schrank hervor. Eigentlich hatte ich ihm in dieser Woche antworten wollen, aber bisher war ich nicht in der rechten Stimmung dafür gewesen. Flüchtig las ich noch einmal die ersten paar Zeilen. Er war jetzt Chemiestudent und hatte irgendeine Zwischenprüfung bestanden, schrieb er, und zur Feier des Tages war zünftig gesoffen worden. Einige Kommilitonen hätten dabei allerdings leicht übertrieben und spätabends im Labor so richtig die Sau raus gelassen. Sogar Platinelektroden wären durch die Luft geflogen, bis auf die Flurtreppe des Instituts, wofür man sie beinahe geext hätte.

Unschlüssig faltete ich die Blätter zusammen und steckte sie wieder in den Umschlag. Was sollte ich dazu sagen? Das war eine andere Welt.

Bald würde der Herbst kommen, sinnierte ich, und dann der Winter. Der banale Lauf der Dinge, eigentlich wusste man darüber Bescheid, und doch ging es manchmal plötzlich ganz schnell. Jedenfalls, wenn hier erst alles vor Frost klirrte, wenn der Schneesturm am Bohrturm pfiff und mir beim Ausbauen der Stangen ein Schwall eisiger Spülpampe über die Hose suppte, dann war das nochmal 'ne ganz andere Nummer als jetzt, das stand wohl fest. Höchstens bis November, nahm ich mir vor, so lange hält der Lurch noch durch, und dann wird mein letzter Bohrermarsch geblasen.

Aber noch war ja Sommer, und ab morgen hatte ich erstmal eine ganze Woche frei. Also sonnige Aussichten, wer wollte da klagen?

Ich schnappte mir meine Zahnbürste und ging rüber zum Waschwagen.

Bei Achim im Abteil sah ich Licht brennen, und bei Herbert dudelte die Flimmerkiste, alles wie gehabt. Benno schlief anscheinend schon.

Das verrückte Camp gleich neben dem Mittelpunkt der Erde, dachte ich. Herrgott, was für eine seltsame Truppe.

Eigentlich müssten wir hier ein Haustier haben, ging es mir plötzlich durch den Kopf. Einen Hund, der Wache hält und freudig bellt, wenn man ins Camp kommt. Oder eine Katze, so einen richtig dicken, behäbigen Bohrerkater.

Na egal, sagte ich mir, spätestens wenn der Winter anfängt, bin ich hier ja sowieso weg.

Tour de Franz

Beim Großhandel "Waren täglicher Bedarf",

in einer Kleinstadt an der Ostsee, Mitte der Achtziger

Die Spätschicht gestern hatte wohl mal wieder gesoffen, jedenfalls waren die beiden großen Gabelstapler über Nacht nicht an den Ladesteckdosen gewesen, so dass sie jetzt bloß müde zuckten, wenn man probeweise irgendeinen Hebel betätigte.

"Nur der Kleine hier hat noch 'n bisschen Saft", krähte Hansi und zirkelte dabei in wilden Pirouetten mit dem gelben Mini auf der Laderampe umher. "Aus dem Hochregal kriege ich damit zwar nix, aber wenigstens das bisschen Zeug für die Kirchstraße kann ich euch damit noch vorne hinstellen, damit ihr erstmal die Boulevard-Tour rauskriegt."

Ich schlenderte durch die Ladehalle und guckte mir die vier Reihen Paletten an, die die Spätschicht gestern gepackt hatte. Die übliche Dienstagstour, nichts besonderes. Lauter sorgfältig zusammengestellte, kunstvoll verschachtelte Miniaturgebirge, die je nach Adressat manchmal hauptsächlich aus folienverschweißten Flaschengebinden bestanden, meistens aber doch eher aus den verschiedensten Kartons, von Wein und Marmelade über Pralinen und Kekse bis hin zu Backpulver und Senf. Die großen, schweren Sachen natürlich unten, und oben drauf dann der Rest. Eben Hauptsache stabil, damit nichts zu Bruch ging, aber auch so, dass man jedes Teil von außen trotzdem noch sehen und bei der Übergabe leicht nachzählen konnte.

Maike von der Kommissionierung stand schon vorn mit den Papieren und wartete.

"Bloß zwei Stellen auf dem Boulevard", erläuterte sie, "sechs Paletten für den großen Süßwarenladen, und die zwei von hinten für den Schnapsladen Ecke Kirchstraße, die Hansi euch noch raus bringt. Naja, und das bisschen Kaffee hier, für den Kiosk am Markt."

Den üblichen kleinen Rollkäfig mit Tabak und Kaffee hatte sie schon vorher von nebenan geholt, denn die teuren Sachen wurden in einer separaten Baracke kommissioniert; nur die vertrauenswürdigsten Lageristinnen durften damit hantieren. Meistens verteilten wir auch dieses Zeug gleich hier beim Laden auf die einzelnen Paletten, je nach Empfänger, manchmal zogen wir aber auch einfach die ganze Gitterbox mit auf die Pritsche. Bloß heute war es ja nicht viel, zwei Kartons Kaffee und eine verplombte Tabakkiste, das war schnell verstaut.

Maike zeigte mir noch den kleinen Extrakarton wegen der Nachlieferung für das Süßwarengeschäft, irgendwelche Waffeln waren neulich wohl vertauscht worden, dann unterschrieb ich ihr die Papiere.

"Weißt du eigentlich, warum das Boulevard heißt?", fragte ich dabei betont beiläufig.

Maike schüttelte den Kopf.

"Na das heißt Boulevard - weil da mal ein Bulle war", antwortete ich, und Maike kicherte los, während draußen auf dem Hof gerade der erste W50 - Lkw vorfuhr.

Heute war Wittke mein Fahrer, Horst, ein Typ um die Vierzig, der zu Hause unterm Dach Tauben züchtete und öfter mal etwas zu ausführlich davon erzählte. Naja mittelprächtig, dachte ich und wies ihn erstmal kurz beim Rückwärtsfahren an das Hallentor ein. Dann ließ ich hinten die hydraulische Bordwand runter, die nun wie eine mittelalterliche Zugbrücke die Ladefläche des Lkw mit der Rampe der Lagerhalle verband.

"Hast du die Woche nicht Spätschicht?", begrüßte mich Horst, auch er war ein alter Hase und kannte die Touren.

"Ja", brummte ich, "hab aber Ernie 'n Gefallen getan und mit ihm getauscht."

Horst kletterte hinten auf die Ladepritsche des Wagens, wo er noch ein bisschen rumkramte und irgendwelche Spanngurte sortierte, und ich ging zurück in die Halle, schnappte mir einen der Gabelhubwagen aus der Ecke, zog ihn lässig ein Stück hinter mir her und schob ihn schließlich unter die erste Palette.

"So" rief ich in Richtung Maike, als ich den Hubroller gemächlich eine Handbreit hochpumpte, und ich gab mir besondere Mühe mit der Betonung der nächsten Worte: "Also jetzt werden wir mal den Schokoladenladen laden."

"Schokoladenladen laden, also Mensch, du immer mit deinen Sprüchen", hörte ich sie glucksend lachen, während ich die Palette erst vorsichtig aus der Lücke bugsierte und dann bloß stumpf wie ein Ackergaul durch die Halle hinter mir her zerrte, hin zur Rampe, über die Ladebordwand, rauf auf den Lkw.

Beim Süßwarenladen hatten wir leichtes Spiel. Ebenerdig und viel Platz, also bloß alle sechs Paletten reinziehen und gut. Die Verkäuferinnen zählten die Kolli kurz durch und unterschrieben, sie würden sich das ganze Zeug in Ruhe selber einsortieren und die leeren Paletten zum Schluss in ihrem Lagerraum stapeln. Dafür nahmen wir jetzt die vom letzten Mal mit.

Danach beim Schnapsladen hätten wir zwar eigentlich alles einzeln per Hand abtragen müssen, wegen der Außentreppen, was natürlich viel mühsamer war. Aber weil Horst buchstäblich zentimetergenau an den Hinterausgang rangefahren war, was kaum ein anderer Fahrer schaffte, konnten wir die ganzen Paletten eine nach der anderen auf der Ladebordwand runter lassen und dann mit dem Hubwagen vorsichtig über den winzigen Spalt zum Flur gleich weiter durch bis direkt vor den Lagerraum in der Ecke ziehen, so dass sich diesmal all das schwere Zeug viel einfacher abladen ließ als sonst. Mindestens hinter die erste verschließbare Tür, so wie es Vorschrift war. Oder eben sogar bis ins letzte Eckkämmerchen, wie wir es hier ausnahmsweise machten.

Wie immer servierten die zwei älteren Verkäuferinnen dafür auch hinterher Kaffee, und während wir dann die nächsten paar Minuten zu viert an unseren Tassen nippten und mehr oder minder belanglose Neuigkeiten austauschten (*Horst erzählte, dass ihm jüngst erst wieder zwei Tauben abhanden gekommen wären*), gingen die beiden Damen schon mal nebenbei die Lieferpapiere durch.

"Wieder kein Weinbrand", klagte die eine, nahm einen Kugelschreiber zur Hand und begann die Listen abzustreichen. "Kein Herz-As, kein Kaffeelikör, nichts. Nur zwei Kolli Pfeffi. Na und Wein ist ja auch wieder nicht doll."

Sie schüttelte den Kopf.

"Immer bloß Kristall-Wodka", murmelte sie, "und massenhaft der blöde Juwel-Klare, den keiner will. Wenn das so weiter geht, können wir doch bald dichtmachen."

"Ja", stimmte ihr die andere zu und öffnete den Tabakbehälter, "und hier, bei den Zigaretten, genau dasselbe. Fünf Stangen F6, das ist alles. Naja, und Karo. Keine Cabinet, nichtmal Semper oder Club. Nur noch der teure Kram, Duett und Peer und so, und Carmen. Das sollen wir den Leuten andrehen. Und immer die verdammten Juwel 72, das bulgarische Zeug."

"Ja damit schmeißen die jetzt alle Läden zu", rief die erste und schüttelte nun ebenfalls den Kopf. "Aber das will doch keiner! Mensch, wo soll denn das mal hinführen?"

"Na direkt ins Arbeiter- und Bauern-Paradies", erwiderte ich spöttisch, "so stehts doch jeden Tag in der Zeitung."

"Da kommen dann aber wohl bloß Nichtraucher und Nichttrinker rein", konterte die mit dem Kugelschreiber trocken, der ich soviel Schlagfertigkeit gar nicht zugetraut hätte, und lachend erhoben wir uns, um noch das bisschen Leergut und die Verpackungsreste zusammen zu räumen.

Anschließend stieg Horst ins Fahrerhaus und ließ den Motor an, so dass ich hinten die Klappe zumachen konnte, und schon waren wir wieder unterwegs.

Eine Querstraße weiter lieferte ich am Kiosk dann auch noch schnell die zwei Kartons Kaffee ab, und obwohl der Wagen jetzt leer war, fuhren wir trotzdem nicht gleich wieder zurück zum Lager.

Denn erstmal gab es Frühstück, bei Lothar in der Bauernstube.

Draußen standen bereits etliche andere Lkw; bis um neun Uhr war das ja noch erlaubt, aber danach mussten sämtliche Lieferanten runter vom Boulevard.

Wir gingen rein, setzten uns zu den Jungs von OGS an den Tisch und bestellten Schnitzel mit Bratkartoffeln. OGS hieß eigentlich Obst, Gemüse, Speisekartoffeln, wurde aber meist bloß Obst und Gammel genannt. Jedenfalls, man kannte sich, denn wir begegneten uns ja gelegentlich beim Anliefern in den Kaufhallen - oder eben auch mal in den Essenspausen, in den einschlägigen Lokalitäten.

Natürlich redeten wir als Erstes über die Arbeit. An welche Läden man momentan nur schwierig rankam, wegen irgendwelcher Baustellen mal wieder. Und wer neuerdings einen Kaffee ausgab. Und wo es sogar Trinkgeld gab, wenn man das Zeug nicht bloß einfach abstellte, sondern gleich richtig einräumte.

"Was macht eigentlich euer Neuzugang?", erkundigten sie sich schließlich grinsend, als das Essen kam.

"Ich lass mir doch nicht den Appetit verderben!", protestierte ich scherzhaft und drückte mich zunächst um eine Antwort. Es ging um Siggi, der erst vor ein paar Wochen bei uns als Schichtleiter angefangen hatte, das war mir schon klar. Vorher hatte der nämlich bei OGS im Büro gearbeitet, laut Buschfunk ein 'ganz überzeugter Parteiheini', der später abgesägt worden war, weil er irgendwie Mist gebaut hatte.

"Das ist 'n ziemlich übler Knilch", fing ich dann doch nach einer Weile an zu erzählen, "letzten Monat bin ich auch schon mit ihm zusammen gerasselt", und ich schilderte, wie mir der Arzt wegen einer tiefen Schnittwunde an der rechten Hand zwar einen 'Schonplatz' verschrieben hatte, Siggi mich aber trotzdem ganz normal weiter auf Tour schicken wollte.

"Also weißt du, dick verbunden und mit so 'nem Fingerling drüber gestülpt", regte ich mich dabei sofort wieder ein bisschen auf, "und dann lauter Kneipen anzufahren. Wie sollst du da die Schnapsgebinde greifen und rein tragen? Die Weinkartons?"

Jedenfalls hatte ich an diesem Nachmittag seit langem mal wieder ein paar Flaschen Bruch produziert, gleich bei der ersten Tour, und als nach der Rückkehr zum Lager selbst noch mein Fahrer lautstark auf Siggi losgegangen war, da wurde ich am Ende doch aus der Schichtplanung raus genommen und stattdessen ins Leergutlager gesteckt.

"Na das war 'n Rentnerjob!", grinste ich und dachte an die zwei faulen Wochen zurück.

Ich hatte lediglich die leeren Kartons zu sortieren, die die Jungs von ihren Touren wieder mitbrachten. Entweder als nochmal verwendbar schön in der Ecke aufgestapelt, oder reif für die Presse, also gleich platt und weg. Das war zu schaffen, auch mit einem dicken Finger.

"Was der alte Martens in vier Stunden am Tag erledigte, das machte ich da in acht Stunden!", rief ich und lachte. "Ein Schonplatz, fürwahr! 'The King of Pappe', der einarmige Kartonkiller!"

Und wenn manchmal sogar noch die Lehrlingsmädchen in ihren Pausen zu mir rüberkamen, dachte ich, na dann war der Tag perfekt.

"Das ist 'n Menschenschinder, glaub mir", riss mich einer meiner OGS-Tischnachbarn aus meinen Gedanken, "ich kenn' die Sorte. Unheilbar, der hat 'n Rad ab."

Er murmelte noch einen halblauten Fluch hinterher und machte dem Kellner schon mal ein Zeichen zum Bezahlen, und auch wir kramten unsere Portemonnaies raus.

Lothar kam rüber und kassierte gleich ab. Er brauchte dafür keinen Stift und keinen Bestellblock, die paar Preise hatte er im Kopf, das Ganze war im Handumdrehen erledigt.

Um halb zehn waren wir wieder bei Maike in der Halle und legten uns die Papiere der zweiten Tour zurecht. Lauter Kleinkram. Etliche Lebensmittelläden, Konsum und HO, danach die beiden Spezialverkaufstellen im VPKA und im Rathaus, dann die Großküche der Werft, und zum Schluss die Gaststätte *Weinberg* und die kleine Milchbar.

Eigentlich wurden die Kneipen zwar von der Spätschicht beliefert, weil die ja normalerweise abends lange geöffnet hatten. Aber der *Weinberg* kriegte diesmal bloß ein paar Kartons Sekt und zwei verplombte Tabakkisten mit irgendwelchen Zigaretten, die letzte Woche nicht vorrätig gewesen waren, und die Milchbar zählte als Sonderfall, da sie schon um 18 Uhr zumachte. Außerdem gab 's da immer Trinkgeld, und Maike wollte uns anscheinend etwas Gutes tun.

Wir luden zügig auf, und bereits zwanzig Minuten später ließ ich die Bordwand zuklatschen und unterschrieb Maike noch schnell das Ladejournal, und schon waren wir wieder unterwegs.

Mit den ersten drei kleinen Läden hielten wir uns gar nicht lange auf. Einfach nur Ware reintragen und gleich wieder weiter, zack-zack und tschüss bis zum nächsten Mal.

Aber beim vierten gab 's einen Kaffee, und wir quatschten uns ein bisschen fest. Auf der anderen Straßenseite, schräg gegenüber, befand sich nämlich die *Kajüte*, bloß die war jetzt geschlossen, und zwar aus einem ganz besonderen Grund.

"Letzten Winter ging der Kneiper auf Entziehungskur, und jetzt seine Erna hinterher", brachte Horst noch einmal feixend das Thema auf, über das sowieso schon die halbe Stadt redete, und dann erzählte er, wie er da letztens mit Ernie hinten noch Ware angeliefert hatte, der Schnaps aber schon eine Minute später direkt in die Gaststube durchgereicht worden war.

"Da zählte keiner was ab", lachte er, schüttelte den Kopf und fuhr fort: "Mensch, überleg mal, wir waren noch am Reintragen, da stand schon das erste Sechserkolli Goldbrand vorn aufm Tresen und wurde von den durstigen Gestalten aufgefetzt! Die Brüder waren alle im Dauer-Brausebrand!" Grinsend winkte er ab. "Dass das kein gutes Ende nimmt, das war jedenfalls absehbar."

Ich dachte daran, wie ich die *Kajüte* mal beliefert hatte. Der Gastwirt, wenn man ihn denn so nennen konnte, war gleich ganz vertraulich auf mich zugeschwankt, mit seiner üblen Schnapsfahne, um mir eins seiner West-Pornohefte anzudrehen. Im Tausch für drei Flaschen Klaren, auf Bruch geschrieben.

Noch immer schüttelte es mich innerlich beim bloßen Gedanken an diese Szene.

"Naja, vielleicht findet sich ja einer der die Kaschemme übernimmt und wieder neu aufmacht", überlegte ich laut und zuckte mit den Schultern. "Der Sohn von dem Dicken aus dem Fischerkrug, der suchte doch immer einen Laden, wo er selber Chef ist. Hat er zumindest öfter mal erzählt."

"Ja, aber sein Anlauf damals mit der *Sonne*, das ist ja auch nichts ", erwiderte Horst, "erst große Pläne, und dann bloß Hobelspäne."

Und um auch dieses Thema noch gebührend zu erörtern, blieben wir einfach weiter gemütlich sitzen, denn natürlich kannten wir die legendäre frühere *Sonne* vom Beliefern her. Das alte Gasthaus mit den paar Fremdenzimmern im Obergeschoss, wo die Absperrkordel quer über den Flur ging, weil die eine Hälfte schon baupolizeilich gesperrt war, wegen Absturzgefahr. Wo der Hausmeister Willi Flöter alias Quasimodo immer die Ware annahm, ein humpelnder Alter mit strähnigen Haaren und schwarzbraunen Zahnstummeln im Mund, der immer Zigarillos qualmte, und zwar Marke *Sprachlos*.

Aber schließlich erhoben wir uns doch, denn wir hatten ja noch einige Stellen vor uns.

"Es hilft nichts, wir müssen", stöhnte Horst mit schiefem Lacher und half noch kurz mit beim Leergut aufladen, und schon zehn Minuten später rollten wir durch das Tor des Volkspolizei-Kreisamtes. Eine der grauen Hintertüren auf dem Hof ging auf, Horst fuhr langsam rückwärts ran, und ich öffnete die Ladebordwand und kletterte auf den Lkw, um die Ware rauszusuchen.

Es war nicht allzu viel, nur eine halbe Palette, aber dafür lauter erlesenes Zeug, nur vom Feinsten. Hier waren also nun all die Sachen, die die Verkäuferinnen vom Schnapsladen vorhin auf der ersten Tour vermisst hatten: Weinbrand Herz-As, Kirschlikör, rumänischer Dessertwein Cotnari und Weißwein Murfatlar, F6-Zigaretten, sogar Bienenhonig und die beliebten Argenta Nougattüten.

Wir trugen alles per Hand rein und stellten es in einer Ecke des kleinen Lagerraumes ab, den ein schweigsamer Uniformierter für uns aufgeschlossen hatte. Als wir fertig waren, zählte er kurz nach und unterschrieb den Lieferschein, auf dem 'Sonder VPKA ' stand.

"Stimmt alles", murmelte er mit zufriedenem Nicken und schloss die Tür gleich wieder hinter uns ab.

Und wir machten, dass wir da wegkamen. Denn eine Tasse Kaffee war hier wohl nicht zu erwarten.

"Tja, die Bullen wissen auch was gut ist", meinte Horst, als wir dann bereits wieder im Auto saßen und in Richtung Markt unterwegs waren, "die leben anscheinend nicht schlecht."

"Hättest ja bei denen anheuern können", erwiderte ich und grinste. "Aber ich glaube eigentlich, dass der ganze Kram wahrscheinlich eher für ihre Kollegen im Nachbarhaus ist."

Horst warf mir einen fragenden Blick zu, freilich nur kurz, denn er musste sich ja aufs Fahren konzentrieren.

"Na gleich nebenan ist doch die Stasi-Zentrale", ergänzte ich also, "und die Knilche in ihrer geheimen Festung lassen sich bestimmt nichts direkt frei Haus anliefern."

"Hm, wer weiß", brummte Horst, "vielleicht machen sie ja halbe-halbe, und die Bullen kriegen auch was davon ab."

"Kann sein", nickte ich, "oder die werben damit ihre Spitzel an."

Für das Rathaus, unsere nächste Abladestelle, hatten wir heute ebenfalls solch eine Extralieferung. Es war so ziemlich das gleiche Sortiment wie für die Polizei, nur etwa die doppelte Menge.

„Komm, wir gehen erstmal gucken", meinte Horst und schloss den Lkw ab.

Wir meldeten uns beim Pförtner an und warteten kurz, bis eine freundlich dreinblickende ältere Dame erschien, der wir einfach durch ein paar verwinkelte Flure folgten. Sie zeigte uns, wo wir die Ware hinbringen sollten.

"Da, hinter den Saal", flötete sie, wies in den kleinen Nebenraum und band sich eine Kittelschürze um, die dort an der Wand hing. "Ich warte hier."

Wir gingen also zurück zum Wagen, hievten die Palette mittels der hydraulischen Bordwand nach unten und rollten sie dann mit dem Hubwagen rein ins Rathaus. Zwar mussten wir unterwegs erst noch vorsichtig mit Holzkeil und Stahlblech einen steinernen Absatz im historischen Flur überbrücken, aber dafür konnten wir alles bequem an Ort und Stelle abladen.

"Wozu ist das Ganze eigentlich?", fragte ich neugierig, als ich gerade die Weinkartons mit dem bulgarischen *Kadarka* vorsichtig auf dem Steinfußboden abstellte.

"Für Feierlichkeiten", antwortete die Dame neutral und lächelte.

"Der Bienenhonig auch?", hakte ich nach, aber sie zuckte bloß mit den Schultern.

"Ey, sowas kriegste sonst doch höchstens noch in Berlin", rief ich zu Horst, als wir drinnen alles erledigt hatten und wieder draußen an unserem W50 - Lkw standen. "Alles nur für die Bonzen, wenn die sich hier zur Tagung treffen!"

Ich kletterte auf die Ladefläche, verstaute unseren Hubwagen und die leere Palette von eben und packte noch schnell ein bisschen was von der restlichen Ladung um, damit bis zur nächsten Station alles stabil lag und nichts zu Bruch ging.

"Als nächstes erst die Werftküche, oder?", vergewisserte ich mich, und Horst nickte.

Dann machten wir hinten die Luke zu und stiegen ein.

"Die Bonzen, die verfluchten", murmelte ich dabei noch einmal vor mich hin, eigentlich bloß mehr so aus Gewohnheit. Denn Schimpfen befreit bekanntlich.

"Na aber ihr habt doch auch so 'ne Spezial-Verkaufsstelle für Betriebsangehörige, oben bei euch im Lager", sagte Horst, startete den Motor und fuhr los. "Da gibt 's doch ziemlich viel, oder?"

"Ach komm, die olle Bude", winkte ich ab. "Dienstag und Donnerstag für drei Stunden, bei der alten Jensen. Die thront auf dem Zeug wie 'ne Glucke, und du musst dich erst nett bei ihr einschleimen, wenn du mehr als eine Flasche willst. Da kauf' ich lieber direkt auf Tour ein, gleich beim Anliefern."

"So wie Ernie, hm?", lachte Horst und wies grinsend auf die Querstraße, an der wir gerade vorbeifuhren, und ich grinste ebenfalls, weil ich natürlich wusste, worauf er anspielte. Weiter hinten war nämlich der Eckladen, wo Ernie letztes Jahr mal ziemlich an die Decke gegangen war. Ernie, der große Teddybär, den nichts aus der Ruhe brachte. Zusammen mit seinem Fahrer Hanno hatte er an einem ganz normalen Montag seine übliche Tour abgespult, sich aber beim Aufladen schon gewundert, dass ausgerechnet dieser kleine verstaubte Eckladen plötzlich etliche Kartons von dem guten Wein und Schnaps kriegen sollte. Wie später durchgesickert war, hatte da wohl jemand aus der Buchhaltung mit der Verkaufsstellenleiterin ein bisschen was gemauschelt und - angeblich vom Betriebsdirektor Großhandel persönlich abgenickt - ein paar edle Getränke für die eigene Privatfeier still und heimlich auf den Laden gebucht. Allerdings nur so pro forma, versteht sich, um sie dann dort am Abend als glücklicher Endverbraucher in Empfang nehmen zu können, ganz regulär gegen Bezahlung, selbstverständlich. Das wusste Ernie aber damals nicht, und wenn, wäre es ihm wahrscheinlich auch schnuppe gewesen. Er hatte bei der Anlieferung einfach nur höflich nach zwei Flaschen von dem Nobelwein gefragt und wohl sogar schon sein Portemonnaie rausgekramt, doch die Verkäuferin weigerte sich standhaft und behauptete immerzu bloß stur, dass das alles 'reserviert' wäre, und sie wollte partout auch keine einzige Flasche von dem anderen raren Edelgesöff rausrücken, absolut gar nichts. Was freilich dazu führte, dass Ernie wohl dermaßen in Rage geriet und am Ende wütend - klatsch! - den letzten Karton *Rosenthaler Kadarka* vor ihren Augen mutwillig fallen ließ, genau auf den edlen Likör, so dass der Fußboden hinterher vor lauter brauner Soße nur so schwamm und voller Scherben lag. Voller 'reservierter' Scherben, natürlich.

Zwar war diese Geschichte nicht an die große Glocke gehängt worden, aber sie hatte sich dennoch schnell in den einschlägigen Kreisen herumgesprochen, und wann immer Ernie dabei in der Nähe stand, lautete sein Kommentar dazu meist bloß trocken: "Irgendwann ist eben auch mal Schluss mit lustig." Was ihm eine Zeitlang den Spitznamen 'der lustige Ernie' eingebracht hatte.

Mit der Großküche der Werft waren wir schnell fertig, die kriegten ja nur ein paar Eimer Senf und zwei braune 25 kg-Papiersäcke, was freilich recht selten vorkam. Irgendwelche 'Nährmittel', Grieß oder Puddingpulver oder sowas, manchmal nahmen wir dafür extra eine Sackkarre mit. Übrigens hatte ich aber auch schon Touren mit Bienenzucker gehabt, über Land, so einmal im Jahr, da musste man die Zentnersäcke auf schiefen, knarrenden Stiegen bis unters Dach tragen, bekam zum Lohn allerdings auch ein Glas Rapshonig vom Imker.

Gerade als wir wieder abfahren wollten, grüßte eine Gestalt von Weitem und kam dann zu uns ans Auto ran, an meine Beifahrerseite. Es war Tobi, der Bruder einer Bekannten von mir; mit dem Helm auf dem Kopf und den zusammengebundenen Haaren hatte ich ihn erst gar nicht erkannt.

"Na, habt ihr Schnaps zum Flambieren der Steaks gebracht?", begrüßte er mich und gab mir die Hand.

"Nee", antwortete ich, "nur Senf für zehntausend Bockwürste, und 'n Zentner Kartoffelstärke als Soßenbinder. Damit du deine Kartoffeln nicht trocken runterwürgen musst."

"Heute gibt 's Bratkartoffeln mit Fisch", erwiderte er und verdrehte dabei genießerisch die Augen, und dann erzählte er mir was ich eigentlich bereits wusste, nämlich dass er sich meistens schon so um Viertel nach elf als einer der Ersten bei der Essensausgabe anstellte, und am Nachmittag eben nochmal, so gegen drei, kurz bevor die Jalousie wieder runterging.

"Besser kannst du es gar nicht haben", schwärmte er und grinste dabei über das ganze Gesicht, "erst Fisch mit Bratkartoffeln und später Gulasch mit Klößen. Mit Kaffee zusammen alles drei Mark oder so, und zu Hause brauch' ich am Abend höchstens noch 'ne Stulle, mehr nicht."

Ich wusste, dass Tobi keine Ausnahme war; etliche andere Arbeiter machten es genauso, besonders die jungen Kerle ohne eigene Familie oder wo die Frau auch den ganzen Tag über arbeiten ging.

"Wir müssen weiter", drängelte Horst; ich konnte mir schon denken, dass er lieber wie immer in der Milchbar, unserer übernächsten und letzten Stelle, etwas länger Pause machen wollte.

"Okay, Großer", sagte ich daher zu Tobi, "wir sehn uns. Und guten Hunger!" Noch ein kurzer Handgruß und Horst ließ den Motor an, und wir rollten los.

Bei der HOG *Weinberg* luden wir diesmal nur die paar Sektkartons und Tabak ab. Nicht wie sonst, wenn wir am Abend mit drei oder vier Paletten Alkohol plus Knabberzeug kamen und oft auch noch ein bisschen was für die Küche mitbrachten. Denn dann war Horst so richtig in seinem Element und lief zur Höchstform auf: Kaum dass er, erst mit wehendem Kittel hinten durch den Wirtschaftsflur eilend und nur Sekunden später beide Flügel der Küchentür breit öffnend, ein 'Guten Tag allerseits!' in die Runde geschmettert hatte, griff er jedes Mal gleich ohne groß zu zögern nach einem Würstchen oder einem gepellten Ei, einer Frikadelle oder einer Gewürzgurke, eben was gerade in Reichweite lag, hielt das Beutestück mit einem aufgeräumten 'Ich nehm mir mal' einen Moment lang noch demonstrativ in die Luft, und verleibte es sich anschließend genüsslich ein.

Zwar blieb er dabei stets vorn im Eingangsbereich stehen, oder zumindest in dessen Nähe, solange wir auf die Chefköchin warteten, die erst die Schlüssel holen musste, aber trotzdem scharwenzelte er in der ganzen Zeit mit aufgesetztem Lächeln um das Personal herum und machte andauernd alberne Witzchen, bloß um sich -zack!- schon wieder das nächste Häppchen zu angeln, das sein Adlerblick erspäht hatte, egal ob es diesmal ein Radieschen oder ein Stück Räucherfisch war. 'Ich nehm mir mal!', so erschallte es wieder und wieder, 'Ich nehm mir mal!', das war sein ausgelassener Kampfschrei, mit dem er die Küchenfrauen überrumpelte und entwaffnete, so dass sie ihm seine dreiste Bettelei durchgehen ließen, obwohl sie hinterher bestimmt augenrollend über den 'Schlawiner' herzogen und lästerten. So hatte es jedenfalls eine von ihnen mal angedeutet, als ich mit einem anderen Fahrer gekommen war.

Aber heute war hier nichts zu holen, das sah selbst Horst ein, und deshalb fuhren wir diesmal auch gleich wieder weiter, sobald mir der Hausmeister die Papiere unterschrieben zurückgegeben hatte.

Die Milchbar war eine Institution in der Stadt, hier traf man sich, hier saß die Szene. Wobei der Name 'Milchbar' freilich etwas irreführend war, denn dort wurde wahrscheinlich mehr Alkohol ausgeschenkt als in so mancher Altstadtkneipe. Allerdings stets gemixt mit Milch, oder eben auch mit Sahne oder Eis. Der 'Weiße Traum' dort war jedenfalls legendär.

"Moin Moin, Männer", begrüßte uns Ingo, der Inhaber, "ach ihr seid es wieder, na ihr kennt euch ja aus."

Ich wies Horst draußen noch die letzten Meter beim Rückwärtsfahren ein, während Ingo schon die Seitentür aufschloss und hinten in der Kammer schnell noch ein paar im Weg stehende Eiswaffel-Kartons zur Seite schob.

"So, kann losgehen", rief er, und Horst und ich fingen an, ihm die Sechsergebinde Schnaps ins Haus zu tragen. Zitronen- und Pfefferminzlikör, Wodka und Klarer, jede Menge Eierlikör und sogar ein bisschen Rum, und zum Schluss noch ein Riesenbehälter mit Kaffee. Immer geradeaus durch den Flur, über zwei Treppenabsätze und um die Ecke und noch ein Stück weiter, hin zu Ingo, der sich vor Ort alles gleich passend in die Regale einsortierte.

Eine Viertelstunde später waren wir fertig mit der Schlepperei, und Ingo bedankte sich und drückte jedem von uns die üblichen fünf Mark in die Hand.

"Ihr habt noch Zeit für 'nen Kaffee, oder?", fragte er, und weil wir nickten, ließ er schon mal ein Kännchen durchlaufen, derweil wir nur noch fix das bisschen Verpackung aufräumten und den Wagen verschlossen.

Dann setzten wir uns in sein kleines Büro und plauderten ein wenig über alles Mögliche, wobei wir anfangs recht vorsichtig mit dem Kaffee sein mussten, denn der war noch ziemlich heiß.

Ingo wollte dieses Jahr wieder in Ungarn Urlaub machen, ließ er uns wissen, aber erst nach der Sommersaison. Vielleicht eine Woche Budapest, und dann rüber zum Balaton, so wie er sagte.

"Ja, Ungarn ist schon der halbe Westen", stimmte ich ihm zu und steuerte ein paar von meinen Erlebnissen aus dem letzten Jahr dazu bei. Denn ich hatte dort gute Zeiten im Urlaub gehabt.

"Na mal sehn", meinte Ingo nach einer kurzen Pause abschließend zu diesem Thema, holte tief Luft und machte eine unbestimmte Handbewegung. "Oder wir fahrn doch nach Bulgarien, da unten ist ja noch länger warm."

"Ach, mein Kahn am Neukirchner See reicht mir", erwiderte Horst darauf bloß leichthin und berichtete von seinen gelegentlichen Angeltouren an den Wochenenden *(wobei er irgendwie auch noch einmal auf die Geschichte von seinen zwei entflogenen Tauben zu sprechen kam)*.

Etwas später erwähnte Ingo noch einen seiner Bekannten, der in Berlin ein Eiscafé leitete, angeblich sogar ein ziemlich großes.

"Der kriegt da sogar öfter Ananas- und Mandarinenbüchsen geliefert", erzählte er, "denn der Laden soll ja ordentlich was hermachen, vor allem für die Westtouristen. Naja, aber auch für die aus der Provinz. Ich war mal da, hab mir alles angeguckt. Na passt auf! Jedenfalls, wenn die Kundschaft sich da in der Hauptstadt mal einen tollen Eisbecher mit Früchten leisten will, dann gibts bei ihm meistens bloß einen mit Pflaumen!"

Er lachte kurz, guckte auffordernd in die Runde und fuhr triumphierend fort: "Weil der Chef nämlich fast alle Edelkonserven unter der Hand verscheuert, oder selber futtert, und für den Eisladen nur schnell irgendwas Billiges als Ersatz besorgt! Pflaumen statt Ananas!"

"Ganoven überall", murmelte Horst kopfschüttelnd, grinste dabei aber trotzdem irgendwie ein bisschen anerkennend.

"Ja, gewusst wie!", lachte Ingo. "Pech, da ist eben nix mit Delikatessen, und da kräht kein Hahn nach. So siehts aus!"

Ich erwiderte nichts weiter darauf und beließ es lediglich bei einem nachdenklichen Nicken. Es gab schließlich reichlich solche Geschichten.

Pünktlich zum Mittag waren wir wieder oben am Lager zurück.

Gerade als wir die paar Paletten und den Hubwagen abluden und die Spanngurte sortierten, kam Schichtleiter Siggi beim Warenausgang um die Ecke und schlich eine ganze Weile zwischen den Paletten umher. Suchend betrachtete er die groß auf die oberen Kartons gekritzelten Kundennummern und wühlte manchmal nach irgendeinem Artikel, den er dann wohl mit den Papieren in seiner Hand abglich. Anscheinend wollte er sich einen Überblick verschaffen oder irgendwas kontrollieren, aber möglichst ohne viel fragen zu müssen. Denn damit würde er ja zugeben, dass er noch immer keine rechte Ahnung hatte, wie der Laden hier funktionierte und was hier eigentlich alles ablief.

Werden wir ihn doch mal ein bisschen aus der Reserve locken, dachte ich, als ich zu Maike rüberging.

"War ja 'ne ziemlich merkwürdige Fuhre vorhin", sagte ich also zu ihr, redete aber eigentlich mehr zu Siggi. "Das ganze noble Zeug für die Genossen von der Polizei und der Stadtverwaltung, edler Brandy und so. Wer bestimmt das eigentlich, dass die 'ne Extrawurst kriegen? Nur weil die in der Partei sind?"

"Was weiß ich, musst du die Buchhaltung fragen", antwortete Maike gleichgültig und zuckte mit den Schultern, während sie das Fahrtenbuch von Horst abzeichnete, der sich mit einem fröhlichen "Schluss für heute" schon mal in Richtung Kraftverkehrs-Betriebshof aus dem Staub machte.

"Sonderlieferungen für Genossen", spottete ich noch einmal ziemlich laut drauflos. "Ey, das kannst du doch schon bei Majakowski nachlesen, 'Die Wanze', wie er da diese verlogenen Typen mit Parteiabzeichen vorführt, die sich auch bloß um ihr eigenes Wohlergehen kümmern."

Ich reichte ihr meine knitterigen Lieferpapiere von der letzten Tour, die ich beim Reden wenigstens noch ein bisschen mit den Händen zu glätten versucht hatte, und Maike schloss sie in dem Blechschrank an der Hallenwand ein. Dann machten wir uns gemeinsam auf den Weg zum Essen ins Personalgebäude.

"Die und Ideale!", höhnte ich beim Losgehen ein letztes Mal und schnaufte dabei möglichst verächtlich durch die Nase. "Ph! Dass ich nicht lache!"

Aber Siggi biss nicht an, sondern verzog sich still in sein Kabuff.

In der Kantine gab es heute Klopse. Zwar wurde das Essen hier eigentlich bloß ausgegeben, denn es kam in großen Kübeln von irgendwo anders her, aber es schmeckte trotzdem.

"Ganzer Sattelzug Grabower Mohrenküsse ist da", meinte Hansi am Tisch, "die muss ich nachher erstmal abladen und irgendwo zwischenparken, damit sie nicht im Weg rumstehen. Die gehn doch bestimmt sowieso gleich morgen oder übermorgen wieder raus."

"Besser ist 's auch", nickte ich und erkundigte mich gleich hinterher noch mit gespielter Überraschung: "Ach, laufen denn jetzt die großen Stapler wieder?", worauf Hansi allerdings nur träge nickte.

Ich drückte mich noch eine knappe Stunde in der Halle rum, denn ich musste ja noch etwas arbeiten und sollte eigentlich immer im Lager helfen, wenn ich ohne Lkw war. Aber meistens passierte da sowieso nicht mehr viel. Höchstens dass ich den Frauen im Kaffee- und Tabaklager mal mit dem Handhubwagen einen Stapel leere Paletten vom Warenausgang rüber brachte, so wie heute, wenn Hansi mit dem großen Stapler gerade wegen der Mohrenküsse am Hochregal beschäftigt und Schmitti mit dem anderen irgendwo hinten beim Wein zugange war. Oder ich leistete den Frauen bei der Kommissionierung noch etwas Gesellschaft und half ihnen mit den schweren Sektkartons oder dem vietnamesischen Reisschnaps. Aber diesmal bestand dort kein Bedarf an meinen Diensten, denn man musste erst noch auf die Nachmittagslisten warten, irgendwas hatte mit dem Ausdrucken mal wieder nicht geklappt. Also schlenderte ich am Ende doch bloß gemächlich rüber in die Umkleide, wusch mir die Hände und zog mich um, und machte Feierabend.

Als ich nach Hause kam, briet Basti sich gerade ein paar Eier. Da bei uns mal wieder seit Tagen keine Butter mehr im Schrank war, hatte er eben kurzerhand Margarine dafür genommen, allerdings gleich mindestens einen halben Würfel, so dass die Eier jetzt im Fett schwammen und wie Krapfen ausgebacken wurden. Basti machte sowas nicht viel aus, ihm war das schnuppe. Genau wie seine ausgebeulten, eingelaufenen und verfilzten Pullover, oder seine verfärbten Hosen, was alles nur eine logische Folge seiner viel zu heißen Spezialwäsche im riesigen alten Einkochtopf auf dem Gasherd war. Wenn ihn jemand deswegen aufziehen wollte, parierte er das bloß mit einem halb lässig, halb spöttisch hingeworfenen "Nobelmann, hm?". Wobei er den Kopf ganz leicht in den Nacken nahm und so auf sein Gegenüber ein wenig von oben herabzusehen schien, mit durchaus freundlichem Lächeln natürlich. Jedenfalls, was solche Äußerlichkeiten anging, da war er sehr robust, da stand er über den Dingen. Legendär war die kurze Episode mit einem früheren Mitbewohner, der sich bei ihm doch tatsächlich einmal nach *Weichspüler* erkundigt hatte – Bastis leerer, verständnisloser Blick hatte ihn von weiteren Nachfragen absehen lassen, und eine Woche später war er dann auch wieder verschwunden.

Eigentlich hatte Basti mal Klempner gelernt und hinterher gleich irgendwo als Betriebshandwerker angefangen, aber später nochmal eine Umschulung im Pflegebereich gemacht. Aufgrund seiner Zottelmähne, seines wilden Vollbarts und der schrägen Klamotten und überhaupt seiner ganzen Art war er auch da zunächst etwas angeeckt. Doch er hatte den Abschluss geschafft und arbeitete jetzt schon eine ganze Weile als Hilfspfleger im Krankenhaus, auf der Neurologischen Station, und er schien gut klarzukommen damit.

Seit über einem Jahr wohnte ich nun mit ihm zusammen, in einer Zweieinhalb-Zimmer-Wohnung in der Altstadt, zwar ohne Bad, und das Klo befand sich draußen auf dem Flur und wir mussten es mit anderen teilen. Doch insgesamt war es trotzdem Luxus, bei dem herrschenden Wohnungsmangel. An sich war ja auch Bastis Mutter die Mieterin, obwohl sie in Wirklichkeit schon seit Jahren bei ihrem Lebensgefährten auf dem Dorf wohnte. Aber wir gaben ihr bloß einfach jeden Monat die dreißig Mark Miete, und so blieb offiziell alles wie es war.

Gerade als Basti seine schwimmenden Spiegeleier zusammen mit einem vor Fett triefenden Brotkanten verspeist und ich derweil am Gasherd wie üblich bereits den Teekessel aufgesetzt hatte, da klopfte es auch schon an der Tür, und der erste Besuch trudelte ein. Zwei Abiturienten von der EOS um die Ecke. Meist waren es ja eher Bastis Bekannte, so wie auch heute, denn aufgrund seiner kultigen Erscheinung galt er schließlich weithin in der Stadt als Original, das man kennen musste. Und da es hier nicht gerade viele Anlaufstellen für Jugendliche gab, war unsere Wohnung im Laufe der Zeit zu fast so etwas wie einem kleinen Jugendklub geworden.

Die beiden Jungs hatten mal wieder eine neue Platte mitgebracht, dank der Westbeziehungen der Familie des einen, und während die neue Scheibe im vorderen Zimmer gleich aufgelegt wurde, brühte ich in der Küche schnell den Tee auf und brachte dann die Kanne mit den Tassen in den Salon.

Kurz darauf kamen noch Andrea und Benni, die auch zu unseren Dauerbesuchern zählten, aber meistens bloß stumm dasaßen und entweder den Klängen aus den Lautsprecherboxen oder der Unterhaltung der anderen lauschten.

Wie üblich tranken wir also Tee und hörten Musik, wobei reihum erstmal das Plattencover ausführlich begutachtet werden musste, und dabei erzählte Basti zunächst noch einmal ein bisschen vom letzten Jazzfestival in Peitz, das nun aber künftig wohl verboten sein sollte, wie Gerüchte besagten.

Eine Weile später erkundigte sich Benni nach dieser komischen neue Krankheit aus Amerika, im Radio hätten sie darüber neulich nämlich einen Bericht gebracht. Doch die meisten von uns zuckten bloß vage mit den Schultern. Lediglich einer der beiden Abiturienten räusperte sich nach einer Weile und meinte: "Ja, AIDS, ist irgend so eine englische Abkürzung, macht das Immunsystem kaputt. Da stecken sich aber bloß Homos an, glaub ich."

Anschließend redeten wir über einen Film, den Basti und ich und auch der Abiturient am Wochenende im Fernsehen (natürlich im Westfernsehen, was anderes guckte man ja nicht) gesehen hatten, '1984', nach einem Buch von George Orwell. Basti meinte, er hätte in Jena bei seinen Bekannten schon früher mal davon gehört, in Kirchenkreisen, und auch, dass da in Leipzig oder so vor ein paar Jahren einer eingesperrt worden wäre, nur weil er sich das Buch über Westkontakte besorgt und an andere zum Lesen weitergegeben hätte.

Ich sagte, dass ich nicht recht wüsste, was ich von diesem Film eigentlich halten sollte, mir aber momentan auf jeden Fall mehr Sorgen wegen der Atomtests und der ganzen nuklearen Aufrüstung machte als wegen der Bespitzelung durch die Stasi, und die beiden Abiturienten stimmten mir zu und meinten, der Film wäre vielleicht wohl auch mehr so als gruslige Science-fiction-Utopie gedacht, eben 'bewusst überzeichnet', wie sich der eine ausdrückte. Damit dann am Ende Dissidenten und theoretische Vordenker und so darüber diskutieren konnten (was genau waren eigentlich 'Dissidenten'?), wegen der zukünftigen gesellschaftlichen Strategien oder wie man das genau nannte.

Kurz nachdem die Platte durchgelaufen und wieder vorsichtig eingepackt worden war, verabschiedeten sich die beiden Abiturienten, und Basti legte die nächste Scheibe auf.

Er begann ein bisschen von seiner Arbeit in der Neuro zu erzählen, und auch ich berichtete von meinem Tag. Andrea und Benni beschränkten sich weiterhin wie üblich aufs Zuhören, bis sie dann irgendwann am Abend aufstanden, ihre Jacken anzogen und gingen. Sie wollten demnächst für eine Woche nach Berlin, Freunde besuchen, hatten sie immerhin zum Schluss noch verlauten lassen.

Ich brachte das Geschirr in die Küche und machte das bisschen Abwasch, während Basti den Schrank und beide Kommoden im Alkoven nebenan mal wieder nach irgendwas durchwühlte. Angeblich suchte er einen wichtigen Brief mit Fotos drin, von einer Freundin. Sämtliche Schubladen ragten hinterher weit herausgezogen in die Luft, es sah aus wie nach einer Razzia.

"Wir sollten am Wochenende mal wieder ein bisschen saubermachen und aufräumen", schlug ich vorsichtig vor (*vorsichtig deshalb, weil ich von ihm nicht gleich wieder als 'Nobelmann' tituliert werden wollte*), "und außerdem Klamotten waschen."

"Ja, muss man mal machen", nickte Basti zerstreut und griff sich die Kopfhörer, und bereits wenige Minuten später drangen von nebenan sehr seltsame, schnaufende und stöhnende Laute durch die geschlossene Tür zu mir herüber.

Ich putzte mir die Zähne und las später im Bett noch ein paar Seiten weiter in Majakowskis 'Wanze', das wohl irgend jemand mal bei uns liegengelassen hatte. Die Geschichte war stellenweise eigentlich ganz lustig, im Gegensatz zu Orwells '1984', wo nun überhaupt gar nichts mehr witzig gewesen war. Bei der 'Wanze' ging es kurz gesagt um einen nach bürgerlicher Behaglichkeit strebenden Genossen, der bei dem auf seiner eigenen protzigen Hochzeit ausbrechenden Brand im Löschwasser der Feuerwehr eingefroren wird, im Jahre 1929, um dann erst fünfzig Jahre später, also 1979, in einer merkwürdig futuristischen Gesellschaft wieder aufgetaut zu werden - und wie Majakowski das schrieb, das war durchaus öfter mal zum Lachen. Allerdings hatte er sich trotz all seines Humors ein Jahr nach Fertigstellung der 'Wanze' erschossen, und auch Orwell starb ja bekanntlich ungefähr ein Jahr nach Beendigung der Arbeit an seinem berühmten Buch.

Offenbar schien es der Gesundheit nicht förderlich zu sein, dachte ich als Letztes an diesem Abend, wenn man sich zu sehr mit Mutmaßungen und vor allem mit Befürchtungen über die Zukunft beschäftigte.

Als ich am nächsten Mittag zur Arbeit erschien, stand Ernie von der Frühschicht noch vorn beim Warenausgang und schäkerte mit den Mädchen von der Kommissionierung. Naja, und sie mit ihm.

"Er-nüh, hör auf Er-nüh!", gackerte die hübsche Blonde, die er gerade mal wieder am Wickel hatte.

Sie hieß Michaela, war noch nicht mal zwanzig, hatte letztes Jahr erst ausgelernt.

"Hör auf, Er-nüh!", alberte sie mit nachgemachtem französischem Akzent rum, "du böser Er-nüh, du! Lass mich in Ruh'! Adieu, du alter Camembert!"

Offenbar war dieses Französischgetue die neueste Masche der Mädchen, um Ernie aufzuziehen.

Denn letztens beim Laden, als Wulske, einer der Staplerfahrer, sein altes Kofferradio mal wieder kurz vorn am Schiebetor abgestellt hatte und einfach dudeln ließ, da war nämlich irgendwas über Frankreich gekommen, Nachrichten oder ein Kommentar, es ging wohl um den Verteidigungsminister Charles Hernu, jedenfalls irgendwas Politisches, was natürlich kein Schwein interessierte. Lustig war eben bloß gewesen, dass der Sprecher laufend "Er-nüh" gesagt hatte. Minister "Er-nüh" hier und Minister "Er-nüh" da. Tja, und das war eben an unserem armen Ernie hängen geblieben, und seitdem hieß er also öfter mal "Er-nüh".

"Französisch ist ja eigentlich ganz einfach", rief ich schließlich in die Runde und versuchte dabei möglichst überzeugend den naiven Deppen zu spielen. "Merci heißt Schokolade und 'Le Monde' heißt 'der Mond', also was soll da weiter kompliziert sein? Ja, und 'Parfum de luxe' ? 'Parfum de luxe' , das muss dann 'der edle Duft vom Luchs' sein, also auf gut Deutsch - du stinkst wie 'n Iltis."

Und schon wurde wieder losgelacht, obwohl die meisten vielleicht gar nicht alles kapiert hatten. Aber immerhin, wenigstens die Schokoladenwerbung aus dem Westfernsehen kannte wohl so ziemlich jeder.

Kurz darauf zerstreuten sich die Mädchen allmählich und gingen nach hinten in die Halle, Ernie machte Feierabend und verabschiedete sich nach Hause, und Manu von der Spätschicht kam mit dem üblichen Packen Unterlagen rüber, die sie gerade vorn aus dem Büro geholt hatte.

"So", sagte sie, und wies mit den Papieren in der Hand durch das geöffnete Tor nach draußen auf den dunkelgrünen W50 - Lastzug, der gerade beim Pförtner am Eingang hielt, "dein Fahrer ist übrigens heute Monsier Franz."

"Na prima", rief ich, "dann machen wir heute eine 'Tour de Franz'", und Manu ließ nochmal ein kurzes Lächeln aufblitzen, bevor sie wieder ernst wurde und mit mir die ersten Lieferscheine durchging.

"Kaufhalle Nord, heute ist viel," meinte sie und zeigte auf die Reihen vollgepackter Paletten an der Wand. "Das alles, bis zur Ecke, zwei komplette Touren. Deswegen hat er auch den Hänger mit."

"Alles klar", sagte ich und ging gleich anschließend durch das Tor nach draußen und sprang die Rampe runter, um den Fahrer erstmal beim Rückwärtsfahren auf dem Hof einzuweisen und den Hänger abzukuppeln.

Mit Franz zusammen hatte ich schon so manche Schicht durchgezogen; er war ein echter Typ, und vor allem auch Kumpel. Zum Beispiel wenn er Frühschicht hatte, dann fuhr er mit seinem Lkw oft extra noch bei Henry, einem der Stamm-Beifahrer, zu Hause ran, und spielte Taxi. Er klingelte und klopfte ihn aus den Federn, setzte ihn zu sich ins Fahrerhaus und kutschierte ihn in den Betrieb, damit der seinen Job nicht verlor und gänzlich abstürzte. Denn Henry hockte abends meist in der Kneipe und fand da kein Ende mehr – und morgens keinen Anfang. Jedenfalls, Franz war okay, und die Damen schienen ihn auch zu mögen. Manchmal hatte er sogar schon eine vom Warenausgang heimlich mit auf Tour genommen, so am Freitag Mittag, wenn noch eine letzte kleine Fuhre anstand und Henry zu faul oder bereits zu besoffen dafür war.

Als Franz heute in die Halle kam, schritt auch er gleich nach der Begrüßung zunächst die Reihen unserer Paletten ab und begutachtete die zu transportierende Ladung. Es war zwar alles bloß für ein und dieselbe Stelle, aber ein bisschen aufpassen musste man dabei trotzdem noch. Außerdem wollte man ja wissen, was man fuhr.

"Erstmal die schweren Spirituosen auf die Maschine, und die Negerküsse und leichten Süßwaren auf den Hänger, richtig?", fragte Manu und sortierte entsprechend die Papiere. "Und nachher beim zweiten Mal dann den Rest."

"Ich hab keinen Hänger, nur 'n Anhänger", beschied Franz sie daraufhin mit unbewegter Miene, "aber ja, so machen wir 's", woraufhin Manu bloß mit gelangweiltem Stöhnen die Augen verdrehte und uns einfach wirtschaften ließ.

Wir legten ein paar Spanngurte um den Schnaps, und auch die Süßwaren sicherten wir mit Stricken, damit die oberen Schichten unterwegs nicht zu sehr verrutschten. Besonders die Hansa-Keks-Kartons und Halloren-Kugeln, und die Pralinen 'Süße Plauderei' vom VEB Rotstern Saalfeld.

"Die Geleebananen bestehen doch bald auch nur noch aus Gelee, da war früher aber mehr Schokolade drumrum", meinte Franz beiläufig, und er erzählte beim Aufladen, dass irgendwelche Spezialisten in Potsdam angeblich nach Ersatzstoffen für den teuren Kakao forschten, weil der auf dem Weltmarkt bekanntlich nur gegen knappe Devisen zu kriegen war. Das hätte er jedenfalls so von einem guten Bekannten erfahren, und der müsste es wissen. Dessen Schwager würde da nämlich an solchen Sachen arbeiten, und zwar auf Hochtouren. Man würde auch mit Erbspüree als Marzipanersatz rumexperimentieren, und mit Maisgrieß und Kartoffeln.

"In der Schokolade hier ist doch auch schon gemahlenes Knäckebrot drin, steht doch sogar drauf!", sagte er schließlich und klopfte zur Bekräftigung auf einen der Kartons mit der 'Creck'-Schokolade, die wir gerade auf den Anhänger zogen.

Könnte alles tatsächlich stimmen, überlegte ich und nickte, und ich dachte daran, dass in letzter Zeit anscheinend immer weniger von der richtigen Vollmilch-Schokolade in den Handel kam und stattdessen diese neuen Sorten wie 'Jupiter', 'Venus' und 'Saturn' ausgeliefert wurden. Die freilich bloß als 'Mondstaubserie' verspottet wurden, weil sie anstatt Kakaopulver wohl fast nur noch zerriebene Kakaoschalen enthielten.

Als wir endlich alles fertig verstaut und auch den Anhänger schon abfahrbereit angekuppelt hatten, ging ich noch einmal zu Manu rüber, um den Papierkram zu erledigen.

"Bringst du mir wieder Kuchen mit, und auch für Gudrun?", bat sie mich ein wenig verlegen, als ich ihr die paar Zettel unterschrieb und meine Exemplare einsteckte, und gleichzeitig lächelte sie schlichtweg hinreißend dabei.

Also nickte ich bloß und antwortete: "Klar, mach ich." Möglichst Obstkuchen, Pflaume oder Apfel, ich kannte das ja schon. Denn es war nichts Neues, dass so manche junge Dame erst das Essen in der Kantine ausfallen ließ, weil man nämlich auf seine 'schlanke Linie' achtete – nur um dafür dann wenige Stunden später heißhungrig über irgendwelchen Süßkram vom Bäcker herzufallen. Eine anständige Mittagsmahlzeit wäre freilich gesünder *(und vielleicht sogar auch noch kalorienärmer)* gewesen, doch ich wollte den Mädchen keine Vorhaltungen machen, denn schließlich wussten sie das alles selber. Außerdem stand ich ein bisschen auf Manu, seitdem ich sie mal zufällig auf einer Faschingsfeier getroffen hatte. Ich war damals regelrecht verblüfft gewesen, wie hübsch sie plötzlich aussah, lustig als Mäuschen angemalt und mit offenen Haaren, in einem eng anliegenden, schwarzen Kostüm. Im Alltag fiel einem das ja nicht gleich so ins Auge, wenn sie bloß immer im langen grauen Arbeitskittel und mit streng nach hinten gebundenen Haaren durch die Halle lief. Naja, aber bisher hatte ich diese Dinge schön für mich behalten.

Franz war inzwischen schon zum Lkw gegangen und kontrollierte irgendwas an der Seitenplane, dann kletterte er ins Fahrerhaus, stellte sich nochmal die Außenspiegel ein und startete den Motor.

Ich sprang mit Schwung von der Rampe, so dass ich gleich neben der Beifahrertür landete, drehte mich aber doch nochmal zu Manu um, die oben auf dem Absatz stand und gerade das Schiebetor der Halle schließen wollte.

"Weißt du was man über eine Frau sagt, die erfolgreich an der Nase operiert wurde?", rief ich ihr beim Einsteigen zu, wobei ich das Wort 'Nase' extra langzog und betonte, und ohne ihre Reaktion abzuwarten schob ich auch gleich die Antwort hinterher: "Na sie genas, natürlich."

Erst danach ließ ich die Tür hinter mir zuklatschen und wir fuhren los, während ich aus den Augenwinkeln noch einmal mit dem Anblick ihres süßen Mauselächelns belohnt wurde.

Als wir an der Kaufhalle Nord ankamen, mussten wir erst ein bisschen warten, weil ein anderer Lkw gerade vor uns an der Rampe stand. Die Jungs von OGS, mal wieder.

Franz kurbelte sein Seitenfenster runter.

"Hey, wo sind die Apfelsinen und Bananen?", rief er den beiden zu, die gerade ihre Behälter vom Lkw runterzogen. Doch die grüßten bloß stumm mit der Hand und grinsten matt.

"Unterwegs verloren", antwortete der andere Fahrer schließlich, "nur Rote Bete haben wir noch. Und Sauerkraut in Büchsen."

Wir stiegen aus und gingen die kleine Treppe zum Anlieferungsbereich hoch, um uns schon mal zu zeigen und 'nach dem Rechten zu sehen'. Soll heißen, unsere kleinen Privateinkäufe zu organisieren.

Denn hinten in der Kaufhalle ging es manchmal zu wie im Bienenstock.

Aber heute war es relativ ruhig. Da der Chef der Warenannahme noch mit OGS beschäftigt war, übergab ich seiner Kollegin meine Lieferscheine, die sie durchblätterte und kurz überflog.

"Ah, Mohrenküsse", machte sie, "also doch heute schon."

"Ja, und davon würde ich gleich gerne einen Karton abzweigen", meldete ich meinen Bedarf an, und auch Franz wollte welche, plus zwei Flaschen Murfatlar und drei Gläser Kirschen.

"Meine Frau will Kuchen backen", erläuterte er, "jetzt am Wochenende."

"Geht schon in Ordnung", nickte die Verkäuferin. "Ihr kommt doch nachher gleich nochmal, dann machen wir das bis dahin fertig, okay?"

"Alles klar", brummten Franz und ich unisono, denn es war nicht immer selbstverständlich, dass man uns hier auf Anhieb so bevorzugt bediente. Freilich hatten es manche unserer Kollegen auch zuweilen wirklich übertrieben mit ihren unverschämten Einkaufslisten – allerdings die Verkäuferinnen nicht minder. Jedenfalls, beim ersten erneuten Auftauchen von solcherart Unstimmigkeiten brauchte man sie bloß dezent daran erinnern, dass die Warenannahme der Kaufhalle am Liefertag offiziell bis 22 Uhr Bereitschaft hatte. Ja sicher, würde man dann sofort hinterher eifrig beteuern, natürlich versuche man stets auch die zweite Fuhre möglichst schnell zu bringen, am besten noch vor 18 Uhr - aber es *könnte* eben doch mal passieren, dass man die Tour anders legen müsse. Zum Beispiel erst bei einer Kneipe abladen, weiter draußen, und nach so einer Strapaze wäre ja wirklich erstmal eine anständige Pause fällig…

Das wirkte immer, schließlich wollten sie alle pünktlich nach Hause, und zwar pünktlich um sechs.

Nachdem OGS abgefahren war, manövrierte Franz erst unseren Hänger *(pardon: den Anhänger)* rückwärts an die Rampe, und danach den Maschinenwagen.

Das eigentliche Abladen war hier ein Kinderspiel, einfach glatt die Paletten von der Ladefläche runterziehen und ein paar Meter in die Halle rollen. Ebenso die Warenübergabe: alles große Kartons in großer Stückzahl, alles leicht zu zählen, auch der Schnaps. Nicht wie beim kleinen Eckladen, wo hundert verschiedene Artikel kompliziert ineinander verschachtelt auf einer Palette lagen.

Keine halbe Stunde später waren wir fertig mit dem ganzen Lastzug.

"Bis nachher", verabschiedeten wir uns, fuhren unterwegs noch schnell beim Bäcker ran und rollten dann pünktlich zur Kaffeepause wieder auf den Hof, wo der mitgebrachte Kuchen dankbare Abnehmerinnen fand.

Als ich mit Franz zum Händewaschen ins Personalgebäude rüberging, trafen wir Sohni, den Beifahrer der Landtour, der eigentlich Rüdiger hieß. Doch weil die älteren Verkäuferinnen auf den Dörfern ihn anscheinend lieber Sohni riefen, hatten es die Fahrer allmählich ebenfalls übernommen, wenn auch mit spöttischem Unterton, und mittlerweile nannte ihn nun eigentlich jeder so.

"Na, alle Bauernmuttis heute wieder versorgt?", witzelte ich ein bisschen im Waschraum, während sich Sohni gerade neben uns abtrocknete und sein Freizeithemd anzog.

"Logisch", antwortete er leicht brummig und fluchte über irgendeine Umleitung, wegen der er nun spät dran wäre, und mir schien es, als röche ich eine leichte Fahne dabei.

"Ich komm morgen mal zu dir", sagte ich, "ich muss dich noch 'n paar Sachen fragen."

Denn nächste Woche würde ich ihn wieder bei der Landtour vertreten müssen, wenn er in Urlaub ging.

"Ja, erzähl ich dir alles morgen", nickte Sohni und fuhr sich dabei noch schnell vorm Spiegel mit einem Stielkamm durch die Haare, "Donnerstag ist ja immer bloß Katendorf und die Schleife um Böblin dran, da bin ich früher zurück. Aber jetzt muss ich los. Tschüss Männer!"

"Okay", brummte ich und wünschte ihm einen schönen Feierabend, "und wir trinken jetzt erstmal Kaffee."

Im Aufenthaltsraum setzten Franz und ich uns gleich zu den Frauen an den Tisch und alberten andauernd mit ihnen rum. Weil das natürlich mehr Spaß machte, als bei den Staplerfahrern in der Ecke zu hocken. Denn der alte Schappi brabbelte sowieso bloß immer von seinem Kleingarten und den Kaninchen, mit Assi dem Stotterer war auch nicht viel anzufangen, und Wulske, der war erst recht ein Fall für sich. Er trug eine Hornbrille mit dicken Gläsern und konnte nicht allzu gut sehen, und wenn er sein Kofferradio oder sogar den Kassettenrecorder auf dem Stapler mitnahm und später am Abend noch dazu seine Kopfhörer aufsetzte, so dass er nicht mal mehr auf lautes Rufen reagierte, ja dann wurde es wirklich gefährlich. Besonders wenn manchmal auch noch Alkohol dazukam. Von Arno, dem alten Schichtleiter, war da keinerlei Eingreifen zu erwarten, der ließ sich nach dem Laden der letzten Tour sowieso nicht mehr vorn blicken, sondern hockte nur noch mit Schappi in seinem Büro und quatschte über Karnickel, oder er süffelte still und heimlich alleine vor sich hin. Während Wulske draußen wie ein blinder und tauber Irrer mit einem der großen Hochhubmonster durch die engen Regalreihen fegte und wilde Sau spielte, mit Assi als rasendem Verfolger im Schlepptau. 'Die Krüppelschicht', so wurden die Vier heimlich öfter mal von einigen genannt, was natürlich nicht gerade nett und kollegial war.

Aber heute schien wenigstens noch alles im grünem Bereich zu sein.

Nach der Pause gingen wir wieder rüber zur Halle, um unsere zweite Tour vorzubereiten.

Franz musste vorn im Auto noch schnell ein paar Einträge in sein Fahrtenbuch kritzeln, also holte ich unsere abgeschrammte Sperrholzkiste mit den Stricken und Spanngurten schon mal von der Ladefläche und fing alleine an, unsere nächsten Paletten zu sichern.

Dabei fielen mir zwei an der Seite geparkte Rollbehälter auf, die offenbar lose vollgepackt mit lauter Großverbraucher-Artikeln waren, darunter auch etliche handtaschengroße Kakaobeutel, die direkt aus dem Lager zu kommen schienen, um erst noch bei der Kommissionierung auf die Endkunden verteilt zu werden.

Hm, dachte ich, eigentlich wurde ja schon seit Wochen kein Kakao mehr ausgeliefert, weil nichts im Lager war. Aber das galt wohl nur für die handelsüblichen kleinen Päckchen. Beim Großverbraucherbedarf dagegen gab es anscheinend noch ein paar ältere Reste, für Cafés und Gaststätten, allerdings eben nur riesige Anderthalb- oder Zwei-Kilo-Packungen.

Komisch, wunderte ich mich, dass die Milchbar gestern nichts davon abgekriegt hatte. Oder es war vielleicht auch in dem verschlossenen Kaffeebehälter gewesen, fiel mir ein, so genau hatte ich die Papiere nicht durchgesehen, und es war ja nun wohl auch egal.

Ich zog ein paar Gurte um meine Kaufhallen-Paletten, schielte zu den Rollbehältern rüber und überlegte. Soso, dachte ich, ist ja interessant, und mir kam eine Idee.

Bisher hatte ich zwar selten etwas mitgehen lassen, und wenn, dann war die Initiative dazu meist vom Fahrer ausgegangen. Einige von ihnen klauten nämlich wie die Raben, aber die Beifahrer waren auch nicht besser, und selbst die hiesigen Kollegen im Lager futterten ab und an heimlich Schokogebäck oder Nougatpralinen oder sogar die kleinen Gläschen mit Babynahrung, die hinterher einfach auf 'Bruch' geschrieben wurden. Von Wein und Schnaps mal ganz abgesehen. Aber nur mit einem Lkw kriegte man ohne großes Risiko auch ein paar Sachen nach draußen, denn man wusste nie, ob es zum Feierabend nicht doch mal eine der seltenen Taschenkontrollen gab. Hatte man das Zeug aber erst auf dem Auto und war auf Tour, konnte man schnell mal zu Hause ranfahren und die Beute in Sicherheit bringen.

'Mich hat der Betrieb schon 'n paarmal in den Arsch getreten, und seitdem können die mich mal', so hatte sich einer der Fahrer mal mir gegenüber zu diesem Thema offenbart, und 'Loyalität gibts bei mir nur noch im privaten Bereich, nur noch innerhalb der Familie und im Freundeskreis'. Nun, und ich muss zugeben, zumindest diesen letzteren, griffigen Spruch hatte ich mir ein bisschen zu eigen gemacht, auch wenn er vielleicht gar nicht wirklich zur Rechtfertigung von Bagatelldiebstählen taugte.

Scheiß drauf, ich nehm' mir jetzt einfach mal, dachte ich letztendlich bloß und schnappte mir beherzt zwei von diesen Riesenpaketen Kakao, nachdem ich mich noch einmal verstohlen umgesehen hatte. Ich legte sie ganz nach unten rein in unsere schäbige Gurtkiste, packte dann schnell die restlichen Stricke wieder obendrauf und stellte das Ding auf eine der Paletten. Anschließend zog ich die ganz gemächlich auf den Wagen, und schon war alles geritzt.

Franz berichtete ich von meinem großen Coup erst, als wir bereits wieder unterwegs in Richtung Kaufhalle waren. "Da kann deine Frau am

Wochenende nicht bloß Kirschkuchen, sondern sogar Marmorkuchen backen", sagte ich, und er gab mir ein zufriedenes Grinsen als Antwort zurück.

Die zweite Kaufhallen-Tour erledigten wir ebenso mühelos wie die erste, und nach dem Abladen bezahlten wir unsere Einkäufe, die die Verkäuferin für uns in der Zwischenzeit zusammengestellt hatte. "Ach so, und kann ich auch noch ein paar Gläschen von dem Babybrei haben", fragte ich, weil ich erst jetzt gesehen hatte, dass diese ganz spezielle Sorte heute auch mit dabei war, "eine Bekannte von mir will die immer für ihren Kleinen haben."
"Na klar", sagte die Verkäuferin gutgelaunt und packte mir sechs Stück in die Tüte, und ich reichte ihr das Geld rüber und gab ihr zum Abschied die Hand.
Es war Viertel vor sechs, und alle waren zufrieden.

Auf dem Rückweg fuhren wir kurz bei mir zu Hause ran, es lag auf dem Weg, und ich rannte nach oben und stellte die Kindernahrung und die Riesentüte Kakao in unserer Küche ab. Den Karton Mohrenküsse brachte ich in den Alkoven und ließ ihn unter Bastis Bett verschwinden, da war er vorläufig nämlich am sichersten.
Gegen sechs trafen wir am Lager ein, stellten den Anhänger ab und machten den Maschinenwagen gleich wieder ladebereit. Wir lagen gut in der Zeit, nur noch eine kleine Kneipentour war heute zu fahren. Fünf Paletten, allerdings nicht übermäßig vollgepackt, auch wenn etwa die Hälfte davon per Hand abzutragen war. Doch mir konnte die Zeit eigentlich egal sein, denn ich musste sowieso bis 22 Uhr arbeiten, und bei den Kneipen spielte es auch keine große Rolle, ob wir die Ware nun um sieben oder um neun Uhr abends anlieferten. Meist ackerten wir anfangs aber lieber trotzdem stramm durch und aßen erst nach dem Abladen an der letzten Stelle schön gemütlich zu Abend, wenn das Auto leer war, um schließlich idealerweise so gegen 21 Uhr wieder am Lager einzutreffen. Der Schichtleiter zeichnete dann das Fahrtenbuch großzügig mit 21:30 Uhr ab, der Fahrer fuhr zu seinem Kraftverkehrs-Betriebshof und konnte überpünktlich Feierabend machen, und ich trieb die letzte Stunde noch meine kleinen Späße mit den Damen und sorgte für gute Laune. Hauptsache die Ware war raus, und gut.

Und so würde es auch heute laufen, dachten wir zumindest. Wir luden schnell das bisschen Ware auf und fuhren zuerst zum 'Anker', wo es zwei Mark Trinkgeld für jeden von uns gab. Als nächstes war der 'Kupferkrug' dran, wo ich ein Bier und Franz einen Kaffee kriegte, danach kamen die 'Kurve' und das Hotel 'Stadtmitte' mit jeweils einem Fünfer für uns beide, und zum Schluss gab 's Schnitzel und Bier bei Helga in der 'Alten Wache'.

Kurz vor neun waren wir wieder oben am Lager, wo wir eigentlich bloß noch die paar leeren Paletten abwerfen und den Anhänger anklemmen wollten, damit Franz sich anschließend schon mal wie üblich in Richtung Kraftverkehrs-Hof absetzen konnte, wo der Feierabend auf ihn wartete.

Aber unser Schichtleiter Siggi machte ihm einen Strich durch die Rechnung, und mir natürlich auch.

"Ihr müsst noch eine Tour Leergut fahren", begrüßte er uns gleich draußen an der Rampe und wies auf die Palettenstapel an der hintersten Wand der Halle. "Nur schnell die Straße runter zum Bahnhof."

"Hä, was soll das denn?", protestierte Franz. "Das fährt Axel doch immer am Freitag!"

"Ach das ist auch so 'n Quatsch, ehrlich", wehrte Siggi augenrollend ab, "das bisschen Zeug kann wirklich unter der Woche mit erledigt werden. Sechs, sieben Stapel jetzt, bloß schnell auf die Ladefläche rauf und unten am Schuppen wieder runtergezogen. Das dauert zehn Minuten."

"Was sind denn das für neue Moden", erwiderte ich und verzog angewidert das Gesicht, "ich dachte wir haben unseren Plan für heute erfüllt."

Doch Siggi ließ nicht mit sich reden.

"Na los, das geht zack zack, glatt rauf und glatt runter, da seid ihr in 'ner Viertelstunde mit fertig", trieb er uns an. "Bei der Bahn unten ist ja auch immer jemand, die arbeiteten Schicht. Und morgen nochmal dasselbe. Jeden Tag ein bisschen, dann muss Freitag kein extra Auto dafür kommen."

Nun, wir stritten uns zwar noch ein wenig weiter, aber Siggi saß am längeren Hebel, es half alles nichts. Wohl oder übel luden wir uns also die Hütte mit Paletten voll, fuhren damit den knappen Kilometer bis zur Bahnhofs-Leergutstelle runter und stellten sie da in einer staubigen Ecke ab, und schon ging 's wieder zügig zurück.

"Hat doch gut geklappt", meinte Siggi zufrieden, als er Franz um kurz vor halb zehn mit einem aufmunternden Lächeln das unterschriebene Fahrtenbuch in die Hand drückte, aber der erwiderte nichts mehr darauf. Er war ziemlich bedient, so wie es aussah.

"Schönen Feierabend" wünschte er mir bloß noch, stieg ins Fahrerhaus *(und zeigte Siggi dabei einen Vogel, als der ihm gerade den Rücken zudrehte)* und fuhr mit karacho vom Hof.

Ich ging in die Halle und gesellte mich zu Manu und ihren Kolleginnen, die wie meistens um diese Zeit eigentlich nur zwischen den Regalen rumstanden oder auf der Rampe neben dem Schiebetor rauchten und auf den Feierabend warteten.

Um Viertel vor zehn zottelten Wulske und Assi dann mit ihren Staplern zur Ladestelle, während Schappi auf dem Mini in einer der hintersten Ecken noch verbissen mit einer bereits ordentlich angeknacksten Palette kämpfte. Immer wieder holte er Anlauf und stieß dagegen, um noch schnell ein paar morsche Bretter zu lösen, die er anschließend aufsammelte und in seinen speckigen Kunstlederbeutel stopfte.

"Das ist bloß Brennholz", brummelte er hinterher erklärend, als wir zusammen mit dem Rest der Belegschaft zum Personalgebäude rübergingen, um uns zu waschen und umzuziehen.

Und dasselbe brabbelte er auch zehn Minuten später nochmal, als wir uns alle am Pförtnerhäuschen vorbei auf den Heimweg machten und den in der Tür stehenden Nachtwächter grüßten.

"Bloß Brennholz, das darf man ja mitnehmen."

Als ich zu Hause ankam, war außer Basti noch Melanie da, eine Bekannte, die früher ziemlich regelmäßig bei uns zum Quatschen und Musikhören auf der Gästecouch gesessen hatte. Jetzt wohnte sie aber in Berlin und war bloß wieder für ein paar Tage in der Stadt, hauptsächlich um ihre Eltern zu besuchen.

"Ich hab noch 'ne Überraschung im Alkoven", sagte ich, nachdem ich sie begrüßt hatte, und ging nach nebenan, um den unterm Bett versteckten Karton zu holen.

"Alkoven – das Wort fand ich früher bei euch immer schon komisch", hörte ich Melanie sagen und dabei kichern, "klingt ja wie *Muss noch Alk koofen*, oder?"

"Tataa!", machte ich, als ich wieder ins Zimmer kam, ritzte mit einer auf dem Tisch liegenden Gabel den über die Mitte der Verpackung geklebten Verschlussstreifen auf und klappte die beiden Pappdeckelhälften zur Seite, so dass die oberste Schicht der mit dunkler Schokolade überzogenen Schaumküsse nun appetitlich zur Ansicht freilag. Vier Reihen a fünf Stück, und darunter noch zweimal dasselbe.

"Ich nehm mir mal!", rief ich übermütig, griff mir einen aus der Mitte und hielt ihn triumphierend in die Höhe, und schon Sekunden später stürzten wir uns alle drei auf den Inhalt des Kartons.

Kurz vor Mitternacht servierte ich dann zu allem Überfluss sogar noch heißen Kakao im Salon.

"Waoh", staunte Melanie, "wo habt ihr denn das ganze Zeug her?"

"Deputat", nuschelte ich bloß, "ist so 'ne Art Großhandels-Kontingent. Wer da arbeitet, der kommt an sowas ran."

"Ah", machte sie, und erkundigte sich gleich noch: "Sag mal, du bist doch jetzt auch schon 'ne ganze Weile dabei, oder? Wie gefällt es dir eigentlich so?"

"Tja", grinste ich und zuckte gleichzeitig mit den Schultern, "an sich ist der Job ganz okay. Nur eben ziemlich schlecht bezahlt, und die Frühschicht beginnt um fünf, das ist abartig. Aber die Arbeit ist in Ordnung, wirklich. Jedenfalls kann man es aushalten."

"Na dann ist ja gut", lachte sie, und ich lachte mit, während wir uns gleich nochmal Kakao nachschenkten und wieder und wieder in den Karton griffen.

Weil Basti am nächsten Morgen erst gegen zehn in der Klinik sein musste, konnten wir noch zusammen frühstücken, und da er gestern tatsächlich bereits ein wenig eingekauft hatte, brauchten wir heute nur noch frische Brötchen. Basti lief zum Bäcker runter, während ich den Tisch deckte und Kaffee kochte.

Um halb zehn setzten wir uns an den Tisch und aßen, und hinterher schmierte sich jeder von uns auch noch ein Brötchen zum Mitnehmen für den Nachmittag.

"Bis heut Abend", sagte Basti dann, zog sich seine Jacke über und ging los.

Ich erledigte das bisschen Abwasch vom Frühstück und spülte danach noch unsere Kakaotassen vom Vorabend, aber zu mehr hatte ich auch keine Lust. Der Herd war voller Fettspritzer, Bastis dreckige Pfanne von vorgestern stand immer noch da, und der Fußboden in der Küche klebte ebenfalls an einigen Stellen.

Mal sehen, dachte ich, ob ich Basti am Wochenende zum Großreinemachen animieren kann. Allerdings hatte bloßes Nachfragen da wahrscheinlich wenig Sinn, weil ich als Antwort sowieso nur seine Standardfloskeln 'Nobelmann, hm?' oder 'Ja, muss man mal machen' zu hören kriegen würde. Aber wer weiß, redete ich mir gut zu, vielleicht konnte ich ihn ja trotzdem rumkriegen, mit einem Extrakarton Mohrenküsse oder so. Na wie auch immer, es gab Wichtigeres.

Ich kramte eine alte Keksdose, die ich letztes Jahr kurz vor Weihnachten mal mitgehen lassen hatte, aus den Tiefen des Küchenschranks hervor, klopfte die letzten Krümel raus und packte vorsichtig ein paar Mohrenküsse da hinein. Als nächstes leerte ich unsere Zuckertüte in einen kleinen Blechnapf aus und füllte sie stattdessen bis obenhin mit Kakaopulver voll, und zu guter Letzt nahm ich die Babybrei-Gläser und brachte das ganze Zeug rüber zu Antje.

Sie war zwar keine Freundin von mir im engeren Sinne, ich war eigentlich bloß mal mit ihrem Bruder zur Schule gegangen, aber da sie zwei kleine Kinder hatte, deren Vater derzeit im Knast saß, und weil sie immer knapp bei Kasse war und außerdem gleich in der Nähe wohnte, half ich ihr gelegentlich ganz unkompliziert mit etwas Essbarem aus.

"Hier, für deine Zwerge", sagte ich bloß, als sie die Tür geöffnet hatte, drückte ihr einfach alles in die Hand und redete nur auf die Schnelle zwei, drei Minuten im Treppenflur mit ihr.

"Ach so, und das mit dem Kakao, das wird nicht groß rumposaunt, okay?", raunte ich ihr zum Schluss noch zu, bevor ich dann gleich wieder verschwand.

Pünktlich fünf Minuten vor Arbeitsbeginn um halb eins traf ich auf dem Betriebsgelände ein, zog mich um und ging in die Halle rüber, um schon mal die Lage zu peilen. Mein Lkw kam ja immer erst ungefähr eine halbe oder dreiviertel Stunde später.

Na mal gucken, was heute anliegt, dachte ich und schlenderte an den aufgereihten Paletten des Warenausgangs entlang. Als erste Tour waren hauptsächlich kleine Kramläden dran; an sich nicht übermäßig viel, aber ich wusste, dass das täuschen konnte, weil da so ziemlich alles mit der Hand abzutragen war. Genau wie bei den zwei Cafés, die am Abend zumachten und daher ebenfalls bis spätestens um sechs beliefert sein mussten. Das war nämlich der Knackpunkt. Erst danach, bei der zweiten Tour, da wäre dann freilich wieder reichlich Zeit, für die paar Kneipen inklusive Abendessen.

Na gut, dachte ich zufrieden, das sollte wohl locker zu schaffen sein, und ging raus auf die Laderampe.

Assi und Ernie standen am Schiebetor draußen und unterhielten sich, und neben ihnen rauchten Steini und Raini ihre billigen Kippen. Beide kannten sich aus dem Knast, sie waren neulich erstmal befristet eingestellt worden und arbeiteten im Lager, fuhren aber manchmal auch als Aushilfe beim Beliefern mit.

Ein paar Meter weiter auf der anderen Seite sah ich Sohni, ebenfalls mit einer Zigarette in der Hand, wie er gerade ziemlich wild gestikulierend auf Siggi einredete. "Über Land, das ist was ganz anderes!", rief er ein wenig marktschreierisch, wie ich fand, als ich mich den beiden langsamen Schrittes näherte und nach einer knappen Handbewegung als Gruß einfach dazu stellte. "Wenn du da mittags nach der halben Tour irgendwo auf dem LPG-Parkplatz stehst und mit den sauschweren Behältern in anderthalb Meter Höhe beim Umladen rumbalancieren musst. Vom Anhänger zuerst rüber auf die abgewinkelte Ladebordwand und dann weiter auf den Maschinenwagen. Der aber eigentlich schon voll ist mit Leergut, was jetzt auf den Anhänger rauf soll! Ja, das sind Brettspiele für Fortgeschrittene! Hohe, schmale Gitterbehälter, die zwei Zentner pro Stück wiegen! Hin und her, Rangierbahnhof, das ist Ballett vom Feinsten, sag ich dir! Nicht bloß wie bei der Stadttour, wo du mal schnell 'n paar niedliche Paletten locker mit einer Hand umherschiebst!"

Er zog an der Zigarette und fixierte Siggi dabei mit einem durchdringenden Blick.

"Das ist die Königsklasse, kannst du glauben!", bekräftigte er noch einmal, "wer da zu blöde ist, der braucht zwei Stunden länger! Weil dann nämlich gleich von Anfang an bloß mit dem Maschinenwagen gefahren wird, solo, dafür aber in zwei Touren. Und das gibt beim Kraftverkehr natürlich wieder 'n saftigen Anschiss, wegen dem doppelten Spritverbrauch! Ja, da hatten wir schon so einige Pleiten!"

Pötzlich grinste er verstohlen in sich hinein, nahm noch einen letzten Zug, warf die Kippe in die bereitstehende Blechdose und fuhr fort: "Oder man hört wieder lustige Geschichten von den Verkäuferinnen, wie die Kaputtniks in der Vorwoche am Dorfladen vorgefahren sind, dann seitlich die Plane hochgerollt und erstmal zehn Minuten lang beratschlagt haben und hinterher wie die Äffchen am Wagen rumgeklettert sind. Weil sie die Gitterbehälter falsch geladen hatten und nicht an das Zeug rankamen."

Er tippte sich an die Stirn und meinte kopfschüttelnd: "Oder es wurde bloß die Hälfte abgeladen und man fuhr erstmal woandershin und lieferte den Rest Stunden später ab. Beim zweiten Anlauf!"

Dann sah er kurz auf die Uhr und räusperte sich, blieb aber doch stumm, und die nächsten paar Sekunden herrschte ein respektvolles Schweigen.

Naja, dachte ich, Sohni hat schon ein bisschen dick aufgetragen, denn ganz so wild war das alles nun auch wieder nicht. Bei Siggi hingegen schien sein Vortrag einen gewissen Eindruck hinterlassen zu haben.

"Sprecht euch vernünftig ab, wegen der nächsten Woche", sagte er mit gesenkter Stimme und nickte dazu ein paarmal, "nicht dass mir da was schiefgeht, wenn du in Urlaub bist."

"Logisch", erwiderte Sohni und sah zu mir rüber, "komm, wir setzen uns da hinten nochmal für 'ne Minute in 'ne ruhige Ecke. Am besten jetzt gleich."

"Alles klar", meinte Siggi und ging wieder nach drinnen, und ich lief mit Sohni das kurze Stück bis zum Ende der Rampe, wo etliche Paletten bequem in Sitzhöhe aufgestapelt lagen.

Freilich, es stimmt schon, dachte ich dabei, die Landtour bedeutete streckenweise durchaus Knochenarbeit, und vor allem musste man auch mitdenken, und zwar umso mehr, je weniger Routine man hatte. Denn dreißig Stellen gleich in der richtigen Reihenfolge zu laden, das war eben auch nicht ohne! Jedenfalls, Sohni mit seiner Landtour lief ein bisschen außerhalb der Konkurrenz, sozusagen. Er arbeitete nicht im Schichtbetrieb, sondern belud den kompletten Lastzug nur einmal am Morgen und kutschierte ansonsten den ganzen Tag lang mit seinem Fahrer über die Dörfer, was tatsächlich auch eine gewisse Freiheit mit sich brachte. Weil die beiden unterwegs so ziemlich machen konnten, was sie wollten, solange sie zum Feierabend alle Lieferscheine unterschrieben anbrachten und keine Klagen bekannt wurden.

"Pass auf", meinte Sohni, als wir schließlich saßen, "wir können es eigentlich kurz machen. In Zesendorf, da ist jetzt eine Neue, Marianne, die geht über Mittag immer nach Hause, da ist dann zu."

Er zog einen Schlüssel mit einem angeknotetem blauen Bändchen aus seiner Hosentasche und gab ihn mir.

"Stellst du alles einfach in die Schleuse und holst die Papiere auf der Rücktour ab, brauchst nix auspacken, das macht sie alles selber", erläuterte er, "die ist in Ordnung."

"Okay", nickte ich.

Als nächstes beschrieb er mir einen neuen Platz für das Umladen der Behälter bei der Dienstagstour und krakelte dabei zur Veranschaulichung etwas mit dem Kuli auf die Rückseite eines alten Ladezettels, das wohl eine Wegeskizze darstellen sollte.

"Klar", meinte er, "Günther kennt das alles natürlich, und Theo auch, aber wenn sie dir wieder so 'n Hirnamputierten als Fahrer schicken, dann hängt alles an dir. Oder du bist verloren."

Außerdem gab er mir Tipps für das FDGB-Ferienheim der Fliesenfabrik, wo ich bisher noch nicht gewesen war, das aber neuerdings wieder öfter bestellte, und zum Schluss erwähnte er noch einen neuen Strandkiosk in Maschen.

"Von der Seite ran, und mit dem großen Keil unters Blech", riet er mir, "kommst du besser über die Schwellen."

Dann ging er rüber ins Personalgebäude, und etwas später rollte Franz mit seinem dunkelgrünen W50 - Lkw auf den Hof.

"Ihr müsst gleich erstmal runter zum Kühlhaus", eröffnete uns Manu zur Begrüßung, "hat Siggi gesagt." Sie zuckte mit den Schultern.

"Dreht der jetzt vollkommen durch?", fragte Franz brummig, und seine Miene verfinsterte sich, kaum dass er angekommen war. "Sollen wir wieder 'ne Extratour Leergut fahren?"

"Oder haben die da 'n paar Tote für die Gerichtsmedizin eingefroren, die wir jetzt ganz schnell irgendwohin transportieren müssen, damit sie nicht auftauen?", versuchte ich es mit schrägem Humor zu nehmen.

"Nee", antwortete Manu und verdrehte die Augen, lächelte aber trotzdem ein bisschen dabei.

"Die müssen angeblich Platz schaffen im Kühlraum, vorn bei den Fetten, weil da noch immer ein Aggregat kaputt ist", erklärte sie, "deswegen soll deren EKZ-Lieferung heute schon raus. Wäre normalerweise ja erst für nächsten Montag dran. Alles Kühlware, sind aber nur drei Paletten."

"Und lasst Platz für 'ne Palette Chemie, die muss dann auch gleich noch mit, wenn ihr da schon in der Nähe seid", rief uns Siggi, der gerade durch das Tor hereinkam, in frischem Kommandoton zu.

Na das wird ja immer schöner, dachte ich, und langsam wurde es mir wirklich zu bunt. Gestern schon die Bahnpaletten extra, und heute noch zusätzlich Fette und Chemie. Hatte der einen Knall?

Auch Franz verzog genervt das Gesicht.

"Vergiss es!", knurrte er unwillig, "das kann doch Axel alles morgen in Ruhe erledigen! Wir haben genug mit unserem Zeug hier zu tun!"

"Ach, nun tut mal nicht so, das geht doch zack-zack", widersprach Siggi ungerührt, "das sind nur vier Paletten, und am EKZ braucht ihr die nur einfach schnell über die Rampe reinziehen."

"Vier Paletten irgendwo reinziehen ist nicht das Problem", konterte Franz gallig, "aber erstmal zwei verschiedene Ladestellen anfahren, zusätzlich, das ist das Problem! Erst recht, wenn auf dem Weg dahin die Bahnschranken zu sind, oder beim EKZ."

"Das wird nicht funktionieren", warnte ich Siggi und probierte es mit Vernunft, "denn das dauert zu lange, bis wir damit fertig sind und hinterher hier mit unserer ersten Tour anfangen können."

Mit ausgestrecktem Arm wies ich auf die neben uns stehenden Paletten. "Die Fuhre wird knackevoll", warnte ich und gab mir Mühe, dabei möglichst eindringlich zu klingen, "und das sind durchweg kleine Läden, wo alles per Hand reinzutragen ist, und zwar bis um Punkt achtzehn Uhr. Eine elende Buckelei, da müssen wir uns an normalen Tagen schon ordentlich sputen. Aber heute fangen wir damit ja viel später an als sonst. Und danach bei den Kneipen am Abend wieder alles mit der Hand. Das sind insgesamt etliche Tonnen. Reicht das nicht?"

Auch Franz versuchte Siggi noch einmal zu verdeutlichen, dass das vor allem zeitlich kaum zu schaffen wäre, denn diese Geschäfte hatten ja keine Bereitschaft am Liefertag wie die großen Kaufhallen, sondern sie würden wirklich um Punkt sechs Uhr schließen, und telefonisch zu erreichen zwecks Vorwarnung waren sie bekanntlich auch nicht.

"Vorschlag zur Güte", bot ich daher an, "wir fahren nachher höchstens nochmal 'ne Ladung Bahnhofspaletten, aber mehr ist für heute wirklich nicht drin."

Doch Siggi blieb stur.

"Ach red' nicht, das geht schon", beharrte er auf seiner fixen Idee, "dann kann Axel nämlich für morgen ganz abbestellt werden. Die gammeln am Freitag doch sowieso bloß immer rum mit dem bisschen Leergut."

Aha, dachte ich, daher weht der Wind, der feine Herr will sich profilieren und als großer Kostensenker einen Namen machen, und das brachte mich allmählich so richtig auf die Palme.

"Tyisch, keine Ahnung, aber andere rumkommandieren", erwiderte ich wütend. "Das wird zu knapp, wirst du schon noch sehen!"

"Dann müsst ihr euch eben beeilen", gab Siggi mit leicht süffisantem Grinsen zurück, "weniger quatschen, mehr arbeiten. Alles klar?"

Er sah auf die Uhr, murmelte "nicht mal halb zwei, los gehts!", nickte uns noch einmal betont ermunternd zu und verzog sich in die Tiefen der Halle.

Rutsch mir den Buckel runter, dachte ich bloß, und langsam begann ich wirklich, Mordphantasien zu entwickeln.

"Der Arsch", schnaubte ich zu Manu, die die ganze Zeit daneben gestanden und kein Wort gesagt hatte. "Der spinnt doch wohl, echt! Da war ja Arno früher noch vernünftiger, sein bekloppter Vorgänger, der guckte wenigstens nur drauf, dass hier alles an Ware tagfertig rausging, und der Rest war ihm egal."

Aber alles Lamentieren half natürlich nichts, am Ende hatten wir keine Wahl, also setzten wir uns wohl oder übel in Bewegung. Ich holte mir bloß schnell noch das kleine Heftchen mit den Auszügen aus dem Arbeitsgesetz, das seit Urzeiten in meinem Spind in der Umkleide lag, dann fuhren wir los in Richtung Kühllager.

"Das dumme Schwein", fluchte ich unterwegs, "immer mehr einsparen, auf unsere Knochen! Aber nicht mit mir. Da hat er sich geschnitten, und zwar gewaltig. Glaub mir, ich überleg mir noch was."

Das Kühllager befand sich in einem der älteren Hafengebäude.

"Moin", begrüßte uns Maria, als sie das dicke Schiebetor aufstemmte. Und mit einer Kopfbewegung nach hinten fügte sie hinzu: "Die drei Paletten EKZ, der weiß schon Bescheid."

Mit 'der' meinte sie den Chef der Bude. Er hieß Stahl, aber seine paar Leute nannten ihn hinter seinem Rücken nur 'Gummi'. Ein meist halb zusammengesunken auf dem Gabelstapler hockendes Männchen, kurz vor der Rente, missmutig dreinblickend, mit speckiger Ledermütze.

Heute war er aber in die Büroecke, wo wir ihn gerade am Regal hantieren sahen.

Wir gingen durch den vorderen Kühlraum zu ihm, entlang an würfelförmig gepackten Paletten mit Margarine, Gewürzschmalz und Schmelzkäse. Weiter hinten standen unzählige graue Butterkartons, jeder von ihnen 25 kg schwer, mauerartig aufgeschichtet wie die Brustwehr einer mittelalterlichen Burg, und in der Ecke waren Berge von Käse verschiedenster Art und Größe aufgetürmt. Flüchtig betrachtete ich die oben liegenden Drei-Kilo-Edamer-Brote; vor zwei Wochen hatten wir erst so ein Riesending zu Hause gehabt und im Freundeskreis verteilt. Mein Bedarf an überbackenen Salamistullen war seitdem allerdings fürs Erste gedeckt.

"Ich dachte, das fährt der andere morgen", murmelte Stahl, als wir bei ihm ankamen. Er hatte dem unglaublich dicken Kater gerade wieder Kaffeesahne in den Napf gegossen, auch eine halbe Bockwurst lag noch an der Seite. Es war bekannt, dass Stahl sein 'Peterle' mit allem Möglichem aus dem Kühlhaus mästete, manchmal holte er sogar noch Fisch von nebenan, extra für ihn. Und so sah das verfettete Tier dann leider auch aus, nämlich ungefähr wie ein mit schwarzem Fell überzogener Sitzsack.

Ächzend schlurfte Stahl mit uns rüber zum Warenausgang und zeigte uns, was wir ausfahren sollten. Allerdings waren die drei Paletten ziemlich hoch gepackt, und weil wir nicht scharf drauf waren, dass ausgerechnet die Kartons mit den Speiseölflaschen mitten in der Fahrt von ganz oben nach ganz unten runterkrachten, schichteten wir sie vorsichtshalber noch schnell auf eine Extrapalette um.

Stahl stellte uns zwar all das Zeug bequem mit dem Stapler auf die Ladefläche, aber die ganze Aktion dauerte doch etwas länger als geplant, weil er aufgrund des dortigen Platzmangels andauernd ziemlich viel hin- und herrangieren musste. Endlich war es aber doch vollbracht, und Franz schloss die Bordwand und setzte sich schon ins Auto, während ich nochmal mit Stahl wegen der Papiere ins Büro zurückging.

"So", machte er und wollte seinen alten Armstuhl vorziehen, um sich zu setzen, aber das gelang ihm nicht, weil es sich der fette Kater schon auf der mit einer alten Decke gepolsterten Sitzfläche bequem gemacht hatte. Gemütlich eingerollt lag er da, mit halb geschlossenen Augen, da konnte Stahl am Mobiliar rumrütteln so viel er wollte. Peterle ließ sich von seinem Platz einfach nicht mehr vertreiben.

Armer Stahl, nicht mal dein Kater respektiert dich, dachte ich, als ich die Lieferscheine unterschrieb und mich dann schleunigst aus dem Staub machte.

Danach fuhren wir bloß einmal um die Ecke zu dem Lager für Haushaltchemie und ließen uns dort die nächste Palette auf den Lkw stellen, einen Riesenklops aus Waschpulverkartons, Spülmittel und Seife, gekrönt von Insektenspray, Möbelpolitur und sogar noch ein paar Dutzend Scheuerlappen. Alles Waren, die darauf warteten, von uns zu den putzwütigen Verbrauchern dieser Stadt kutschiert zu werden.

Auf dem Weg zum Einkaufszentrum mussten wir erst ungefähr zehn Minuten am geschlossenen Bahnübergang stehen, und als wir gegen drei Uhr endlich vor Ort eintrafen, fuhr gerade der Lkw der Brauerei an die Rampe, was für uns locker eine weitere Viertelstunde Verzögerung bedeutete.

Schließlich waren wir aber doch dran und lieferten unsere vier Paletten ab.

"Prima", freute sich der Typ von der Warenannahme, "jetzt können wir das Waschpulver schon heute in den Laden stellen, und nicht erst Montag. Unser Vorrat war nämlich schon so gut wie alle."

"Ja, so sind wir eben", nickten Franz und ich bloß, als er dann die Papiere abzeichnete, sagten aber nichts weiter dazu, sondern machten uns auf den Rückweg. Wobei wir nochmal an den Bahnschranken warten mussten.

Als wir am Pförtnerhäuschen vorbei wieder auf unser Betriebsgelände rollten, sahen wir schon von weitem Siggi draußen am Schiebetor der Halle stehen.

"Na also", begrüßte er uns, nachdem Franz seinen Lkw wieder vor dem Warenausgang rückwärts in Position bugsiert und ich die hydraulische Bordwand runtergelassen hatte.

"Zehn nach vier", meinte er mit leichtem Stirnrunzeln, "jetzt müsst ihr euch aber 'n bisschen ranhalten mit dem Aufladen, dann schafft ihr das."

"Ich geh erstmal auf Toilette", sagte ich betont neutral zu Franz, ohne Siggi dabei überhaupt eines Blickes zu würdigen.

Dir werd ich schon helfen, dachte ich grimmig, als ich zum Personalgebäude rüberlief. Na warte mal ab, mein Junge.

Wir begannen mit dem Laden, allerdings ging es diesmal merkwürdigerweise nur sehr schleppend voran, was freilich leicht zu erklären ist. Denn normalerweise beäugte man die Paletten bloß ein bisschen und zog sie anschließend mit dem Hubroller einfach auf den Wagen, ohne dabei irgendwas groß nachzuzählen. Tja, und wenn wirklich mal was fehlte, was selten vorkam, dann kriegte man das meistens unter der Hand nachgeliefert; still und heimlich brachte die jeweilige Kommissioniererin den fehlenden Artikel ohne Papierkram von hinten aus dem Lager vor zur Bereitstellung, zu uns in den Ladebereich, und die Angelegenheit war damit geklärt.

Heute aber lief alles ganz genau nach Vorschrift, so richtig wie im Lehrfilm. Ich nahm mir jeden Eintrag auf dem Lieferschein einzeln vor, suchte jeden Karton und zählte jedes Gebinde auf der Palette, und erst wenn ich auch wirklich alle in den Papieren aufgelisteten Kolli einer Partie gefunden hatte, dann hakte ich die betreffende Position ab und begann dasselbe Spiel mit der nächsten.

Das dauerte natürlich.

Franz stand bloß daneben, die Hände in den Taschen, und feixte. Er war Fahrer, ihn ging das nichts an. Aber Manu guckte erst irritiert bis verstört und versuchte schließlich zaghaft, mir gut zuzureden.

"Das bringt doch nichts", meinte sie besänftigend, "das gibt bloß Ärger. Mit Siggi, und überhaupt."

"Nee", erwiderte ich jedoch entschlossen, und es klang zugegebenermaßen vielleicht auch ein bisschen bockig, "wenn du dem Typen erstmal nachgibst, dann tanzt du bald völlig nach seiner Pfeife. Kleiner Finger, ganze Hand. Und irgendwann ist eben auch mal Schluss mit lustig."

Etwas später kam auch Siggi aus der Halle wieder dazu und glotzte.

"Was 'n hier los?", wollte er wissen. Er schien sich nur mühsam zu beherrschen; anscheinend hatte er geglaubt, wir wären mit dem Laden längst fertig.

Ungerührt zählte ich die Nudelkartons an der zweiten Palette weiter und machte dann mit konzentrierter Miene den nächsten Haken auf dem Lieferschein.

"Du führst doch auch neue Moden ein, willst alles verbessern", antwortete ich danach sehr ruhig und in völlig entspanntem Ton, "na und genau das mache ich jetzt auch. Nicht mehr rumschlampen wie früher, von wegen Ware ungeprüft ausfahren, ohne Kontrolle. Sondern Warenübernahme nach Vorschrift."

Er stierte mich an, sagte aber noch immer keinen Ton.

"Das müsste doch eigentlich ganz in deinem Sinne sein, oder?", schob ich daher noch mit leicht ironischer Note nach und widmete mich anschließend wieder meinen Arbeitspflichten.

"Wo ist der Vanillezucker?", rief ich hilfesuchend zu Manu, "angeblich zwei Mal, kann ich aber hier im Sortiment nicht sehen." Und schon wurde die halbe Palette abgebaut und auseinandergerissen, bis ich mein Häkchen setzen konnte, und dieselbe pedantische Prozedur wiederholte sich mit den 12er-Gebinden der kleinen Babybrei-Gläschen, die ganz unten über Eck wie im

Maurerverbund aufgeschichtet waren. Sollten das tatsächlich dreißig Kolli sein, oder fehlte da womöglich was? Das musste sorgfältig geprüft werden.

Inzwischen waren auch schon Raini und Steini aus der Halle gekommen und linsten vom Tor aus zu uns rüber, wie ich aus den Augenwinkeln sehen konnte. Offenbar wollten sie sich die Show nicht entgehen lassen.

"Du spinnst doch wohl total!", platzte es aus Siggi heraus, und anscheinend wollte er gerade mit einer Schimpftirade loslegen. Aber ich ließ den kleinen Tütensuppen-Karton, den ich gerade in der Hand hielt, einfach fallen und schnitt ihm mit einer entschiedenen Geste das Wort ab.

"Was willst du eigentlich?", herrschte ich ihn an. "Ich unterschreibe nur, was ich selber nachgezählt habe, Punkt. Oder hast du ein Problem damit? Willst du meinen Arbeitsvertrag ändern?"

Ich hielt ihm die Lieferpapiere hin.

"Dann bitte schriftlich anweisen, hier und sofort, vor Zeugen, dass ich in Zukunft den Kram ohne Nachzählen ausfahren soll", forderte ich. "Sonst bin ich nämlich der Dumme, wenn nachher im Laden was fehlt. Ich will klare Verhältnisse, und du hoffentlich auch?"

Siggi kochte, das konnte ein Blinder sehen, aber er machte einen Rückzieher.

"Gib bloß Gas, das sag ich dir!", knurrte er stinksauer und verdrückte sich mit wehendem Kittel.

Also spielte ich die Posse mit ernster Miene weiter und verschaffte mir penibel wie ein gestrenger Revisor in quälender Langsamkeit darüber Gewissheit, ob tatsächlich auch jedes Röhrchen Backaroma und jede Packung Haferflocken wie in den Listen aufgeführt vorhanden war.

"So, fertig mit Laden!", rief ich dann aber doch hinterher voller Tatendrang, als ich endlich alle Paletten dieser Tour, die normalerweise unsere erste gewesen wäre, auf der Ladefläche unseres Lkws verstaut hatte. Es war inzwischen fast fünf Uhr geworden.

Ich ließ noch die hydraulische Bordwand zuklappen, danach ging ich zu Manu hinter und unterschrieb ihre Exemplare der Listen.

Auch Siggi stand jetzt wieder lauernd am Tor, stumm aber mit bösem Funkeln in den Augen.

"Puh!", überlegte ich laut und kratzte mich dabei unschlüssig am Kopf. "Das müssen wir ja alles per Hand reinschleppen, das kostet Kraft. Deswegen werde ich jetzt besser erstmal 'ne Pause machen. Vor so 'ner anstrengenden Tour, da muss man sich ordentlich stärken."

"Soll das 'n Putsch werden?", fragte Siggi eisig. "Entweder gibts dafür 'ne Abmahnung, oder du wirst gleich gefeuert, das versprech ich dir!"

"Ein Putsch?", rief ich entrüstet und streckte meine Arme in einer weit von mir weisenden Geste aus.

"Aber nein, ganz im Gegenteil! Ab heute alles streng nach Vorschrift und Gesetz!"

Ich holte das kleine Heftchen mit den Gesetzestexten aus meiner Tasche, blätterte es kurz auf und begann vorzulesen:

Arbeitsgesetzbuch der Deutschen Demokratischen Republik, Paragraf 165, Absatz 1:
Der Werktätige darf nicht länger als 4 1/2 Stunden hintereinander ohne Pause arbeiten.

"So", sagte ich, "um halb eins hab ich angefangen, jetzt ist es um fünf, das sind viereinhalb Stunden. Ich mach also erstmal Pause."

"Dann setz dich verdammtnochmal fünf Minuten hin und mach deine scheiß Pause!", schrie Siggi.

"Absatz 2", las ich mit monotoner Stimme weiter vor: *"Die Mindestdauer einer Pause beträgt 15 Minuten."*

"Dann eben 'ne Viertelstunde!", brüllte er.

"Absatz 3", konterte ich. *"Die Pause zur Einnahme der Hauptmahlzeit muss mindestens 30 Minuten betragen."*

Siggi sah aus, als würde er mich am liebsten umbringen.

"Ich geh jetzt in den Pausenraum und werde da mein Brötchen essen", verkündete ich gelassen, "das ist meine heutige Hauptmahlzeit, damit ich wieder zu Kräften komme. Und um Punkt halb sechs gehts dann los. Volle Pulle, versprochen. Aber erstmal sag ich: Mahlzeit!"

Und obwohl ich eigentlich nicht noch mehr Öl ins Feuer gießen wollte, konnte ich mir wenigstens einen weiteren Satz einfach nicht verkneifen: "Denn gottseidank ist die Ausbeutung des Menschen durch den Menschen im Sozialismus ja beseitigt, nicht wahr, Genosse?"

Exakt dreißig Minuten später rollten wir vom Hof, doch schon nach knapp einer Stunde kehrten wir wieder zurück. Nur den ersten Laden hatten wir noch geschafft, die anderen waren natürlich bereits geschlossen gewesen.

"C'est la vie", erklärte ich lapidar, "die 'Tour de Franz' ging heute leider ohne Goldmedaille für uns zu Ende", und Siggi sah mir dabei zu, wie ich eine volle Palette nach der anderen vom Lkw runter und wieder retour in die Halle zog, insgesamt sieben Stück. Aber er sagte keinen Ton.

"Nicht tagfertig", meinte Manu, "na schöner Mist!"

Sie drückte mir die Papiere für die nächste Tour in die Hand, die ich gemeinsam mit Franz schnell in die richtige Reihenfolge legte, dann begannen wir mit dem Aufladen. Natürlich wieder nach der alten Methode, also ohne alles vorher haarklein durchzuzählen.

"Dafür kriegt er einen auf 'n Deckel", fing Manu noch einmal an, "und den Ärger gibt er garantiert weiter. Mach dich auf was gefasst. Siggi stinkt total ab!"

"Ach der kann mir mal am Tüffel tuten", knurrte ich, schob den Hubwagen unter die erste Palette und pumpte sie hoch. "Der wird schön die Fresse halten. Der braucht mich nämlich. Weil ich die ganze nächste Woche Sohni bei der Landtour vertreten muss. Sonst ist er aufgeschmissen. Wenn ich zum Doc gehe und mich krankschreiben lasse, kann er einpacken. Glaub mir, noch zwei- oder dreimal so 'n Klops wie heute, nicht tagfertig in seiner Schicht, und der ist hier auch bald weg vom Fenster. Und das weiß er."

"Ernie ist aber auch schon Landtour gefahren", erwiderte Manu, "der kann das auch."

"Ja das stimmt", gab ich ihr recht, stützte mich dabei nochmal kurz auf der Zuggabel ab und sah sie an. "Ernie kann das auch, ja. Allerdings nur mit dem richtigen Fahrer. Bloß wenn der Kraftverkehr wiedermal 'ne Aushilfe schickt, einen der sonst für die Molkerei fährt oder so, dann gurken die den halben Tag lang kreuz und quer im Zickzack durch die Pampa, bis sie die letzte LPG-Küche in Kleinkleckersdorf abgeladen haben. Jedenfalls, Landtour mit Ernie, das ist 'ne Zitterpartie."

Dann zog ich mit der ersten Palette im Schlepptau in Richtung Lkw los, stellte sie da auf der Ladefläche in der vordersten Ecke ab, kehrte mit dem Hubroller wieder zurück in die Halle zu Manu und schob ihn unter die nächste Palette.

"Na jedenfalls, wenn er mir das Ding von heute anhängen will, dann gibts Feuer", versprach ich ihr und grinste. "Mach dir mal keine Sorgen! Ich hab mir extra alle Ladezeiten vorhin bei der ersten Tour abzeichnen lassen, der kann uns gar nichts. Und dass wir uns nicht verarschen lassen, das hat er nun wohl auch gemerkt. Da soll er mal besser in Zukunft ganz vorsichtig sein!"

Routiniert luden wir uns rasch die Hütte voll und fuhren anschließend wie jeden Donnerstagabend unsere Kneipentour aus, bei der wir wirklich wie die Packesel ackern mussten. Zuerst ran ans Sportlerheim, danach die Mitropa-Bahnhofsgaststätte, hinterher das Haus Schlüter, die 'Schwarze Ecke', der 'Knoten' und die 'Gute Stube', und am Ende die 'Kellerlaus', wo wir dreißig schwere Sektkartons einzeln per Hand bis ganz nach hinten reintrugen und zu guter Letzt uns dann auch unsere Pause gönnten.

"Das haben wir uns verdient", grinste ich zu Franz rüber, als wir endlich abgekämpft am Tisch saßen und die Wirtin uns Bouletten mit Püree brachte. Und lachend ergänzte ich: "Sogar meine zweite Hauptmahlzeit nach Paragraph 165 Arbeitsgesetzbuch heute."

"Guten Hunger", grinste Franz zurück, ergriff sein Besteck und begann zu essen. "Aber Siggi ist der Appetit wohl bestimmt erstmal für 'ne Weile vergangen."

"Ach vergiss den Blödmann", erwiderte ich und fing ebenfalls an zu futtern, "soll er sehen, wie er sein *nicht tagfertig* wieder hingebogen kriegt. Aber wahrscheinlich wird er sich bloß mit der Extratour Fette und Chemie rausreden. Großzügig übernommen, viel guter Wille und so, doch leider eben etwas überschätzt."

Ich nahm zwischendurch einen Schluck von dem Bier, das mir die Wirtin ebenfalls hingestellt hatte, und fuhr fort: "Naja, und Axel werden morgen früh unsere sieben Retour-Paletten von heute aufgebrummt, und damit hat sich 's. Die Frühschicht fährt dafür morgen nochmal 'ne Tour Bahnpaletten extra, und wir dann am Abend auch, und alles ist wieder im Lot. Halb so wild."

"Na hoffentlich hat der seine Lektion jetzt wenigstens kapiert", brummte Franz, und ich nickte und prostete ihm zu.

Als wir wieder oben am Lager eintrafen, standen die üblichen Gestalten schon draußen vor der Halle und erwarteten qualmend den Feierabend. Von Siggi freilich war nichts zu sehen.

Ich lud noch das bisschen Leergut ab, während Manu bereits ihren Kringel in Franz' Fahrtenbuch kritzelte, der daraufhin bloß noch kurz mit der Hand abgrüßte, den Motor startete und vom Hof rollte.

"Siggi hast du erstmal anständig vergrämt", meinte Steini anerkennend zu mir, als ich mich zu dem Häuflein auf der Rampe gesellte. "Das müssen wir feiern. Kommst mit, Raini auch, wir gehn nachher noch kurz zu Jackenkröger ran."

Das war die Eckkneipe am Lindenhain, nur hundert Meter links ab vom Bahnübergang, an der wir auf dem Nachhauseweg immer vorbeikamen.

"Hm, mal sehn", machte ich unschlüssig, denn soweit ich wusste war das Ding wirklich bloß so etwas wie sehr einfache Schankstube, um es mal vorsichtig auszudrücken.

"Naja okay, aber nur zwei, drei Bier", meldete sich Raini, der ansonsten kaum mal etwas sagte. "Ich kann mir ja nicht andauernd die Birne vollkippen. Mit 'ner Krankschreibung muss ich noch warten bis ich 'n festen Arbeitsvertrag habe. Zwei, drei Bier ja, aber höchstens. Nicht wieder wie gestern."

"Ach was", winkte Steini lässig ab und grinste mit seinen schadhaften Zähnen, "nun mach dir mal nicht gleich ins Hemd. Lieber 'n wackligen Kneipentisch als 'n festen Arbeitsplatz, du Nase. Los, das wird heute begossen, und basta."

Kurz darauf kam Schappi aus der Halle angeschlurft, wie jeden Abend mit seinem abgewetzten Kunstlederbeutel in der Hand.

"Das ist bloß Holz für meinen Ofen, das ist erlaubt", brubbelte er, als er sich zu uns stellte, obwohl ihn keiner danach gefragt hatte und es sowieso niemanden zu interessieren schien.

"Hab heute nix zum Abendbrot mitgehabt, müsste eigentlich vorher was essen", brummte Raini, als wir dann um kurz nach zehn zu dritt im Jackenkröger saßen und das erste Bier auf den Tisch kam.

"Ach vergiss es, Dummheit frisst, Intelligenz säuft", grinste Steini, "komm, hoch die Tassen."

Wir stießen an und tranken, und ich fand, es schmeckte durchaus.

"Wie war eigentlich das Essen im Knast?", erkundigte ich mich. "Nicht so der Hit, oder?"

"Nee", antwortete Raini einsilbig, und weil ich ihn noch immer auffordernd ansah, fügte er schließlich nach einer Weile hinzu: "Also mir hat es nicht so zugesagt."

"Aber wenigstens an Weihnachten?", bohrte ich nach, "da gabs doch wohl was Vernünftiges, oder?"

"Nö", schüttelte er den Kopf, ergänzte aber einen Moment später noch: "Na am Tag der VP, da gabs immer Broiler."

"Am Tag der VP!", musste ich loslachen. "Am Tag der Volkspolizei! Echt, jetzt? Den solltet ihr im Knast gebührend feiern? Beim Broiler-Festmahl, zusammen mit den Bullen, mit euren Häschern?"

"Ja, am ersten Juli", bestätigte Steini, und ich konnte mich kaum einkriegen vor Lachen.

"Am Tag der VP", wiederholte ich noch einmal kopfschüttelnd. "Mann oh Mann, ich fass es nicht! Welcher sadistische Witzbold hat sich denn das ausgedacht?"

Später ließ mich Raini noch wissen, dass er hauptsächlich wegen gemeinschaftlich begangenen Einbruchdiebstahls eingefahren war. Unter anderem hätten er und sein Kumpel sogar den Kiosk Achteck, eine Holzbude auf dem Friedensplatz, mit einem Wagenheber seitlich angehoben und ausgeräumt. Das wäre ihr großer Coup gewesen.

Als wir beim zweiten Bier waren, bot Steini mir plötzlich großzügig an, Siggi zu verprügeln, falls der weiterhin Schwierigkeiten machen sollte.

"Danke, aber wird nicht nötig sein", lehnte ich freundlich ab, wobei ich ihm freilich gleichzeitig zu verstehen gab, dass ich seine Offerte natürlich durchaus zu schätzen wüsste.

"Ich sag dir, ich würd' den Lutscher so verarbeiten!", drohte er hinterher aber trotzdem noch ein paarmal, und es dauerte ein bisschen, bis er sich wieder beruhigt hatte.

Nach dem dritten Bier verabschiedete ich mich von den beiden und trat den Heimweg an.

Als ich am Lindenhain entlanglief, fiel mir wieder ein, dass hier im letzten Winter jemand gestorben war. Einer vom Betonwerk, wie es hieß, der wohl über Nacht besoffen neben der Bushaltestelle gelegen hatte, an der ich gerade vorbeiging. Erfroren, mitten in der Stadt.

Von dem Verwaltungsgebäude dahinter prangte jetzt ein großes Plakat, dessen Aufschrift selbst im trüben Licht der Straßenlaterne noch gut zu lesen war: *Der Mensch steht im Mittelpunkt der sozialistischen Gesellschaft"*.

Naja, sinnierte ich, als ich weiter über das bucklige Kopfsteinpflaster stapfte, aber manchmal lag er eben auch bloß im Mittelpunkt. Und war außerdem schon kalt.

Gegen halb zwölf kam ich nach Hause.

Basti hatte sich bereits bettfertig gemacht und zog sich gerade in den Alkoven zurück.

"Nacht", sagte er bloß noch, und ich echote "Nacht" zurück, zog mir meine Jacke aus und ließ mich erstmal in den Sessel fallen.

Der aufgefetzte Karton mit den Mohrenküssen von gestern stand noch immer mitten auf dem Tisch.

Ich zog ihn zu mir heran und langte hinein, offensichtlich war Basti oder wer auch immer inzwischen bei der untersten Schicht angelangt, und auch die war bereits arg dezimiert.

Ich griff mir eins dieser Schaumdinger, stopfte es mir in den Mund und dachte dabei bloß noch: Mein lieber Scholli, ich glaub das reicht für heute.

Als ich am nächsten Mittag die Halle betrat, sah ich gleich auf den ersten Blick, dass alle sieben Paletten von gestern aus der Ecke bereits raus waren. Und so wie mich Maike und ein paar andere Kollegen von der Frühschicht grüßten, schien sich die Geschichte auch schon überall rumgesprochen zu haben. Offenbar toppte das Ganze sogar noch Ernies Coup mit dem mutwillig zerdepperten Kadarka-Karton.

"Was macht Siggi?", erkundigte ich mich halbherzig.

"Keine Ahnung", antwortete Maike, "hab ich bis jetzt noch nicht gesehen."

"Genau wie die beiden Büroweibsen vorne, die sind auch schon seit halb elf weg", schimpfte Schmitti von der Frühschicht, der gerade eine Palette mit

Schnaps neben uns im Warenausgang abstellte. Er schnaubte verächtlich durch die Nase.

"Die Wenzel holt beim Fleischer die Vorbestellungen ab, und die andere ist bestimmt wieder zum Friseur gegangen", regte er sich auf. "Wäre ja nicht das erste Mal. Aber da sagt keiner was."

Da ich keine Lust hatte, mir sein Gezeter anzuhören, ging ich raus auf die Rampe und blinzelte in die Sonne. Ich mochte diese Übergangszeit; die Frühschicht war eigentlich schon fertig und die Spätschicht fing noch nicht so richtig an. An guten Tagen kam ich mir dabei fast vor wie auf einer großen Party, man schlenderte umher, nickte sich zu, flirtete hier ein bisschen, witzelte da ein wenig, es fehlten praktisch nur die Drinks.

Gegen kurz nach eins kam Günther, der Stammfahrer der Landtour, mit seinem Lkw plus Anhänger auf den Hof gerollt. Allerdings ohne Sohni, den sah ich nicht.

Alles klar, dachte ich, sprang runter von der Rampe, öffnete schnell erst noch die Hängerklappe und wies Günther anschließend beim Rückwärtsfahren ein. Es war offenes Geheimnis, dass Sohni nach der Inseltour am Freitag zuweilen gar nicht mehr bis ins Lager mitfuhr, sondern hinterher direkt zu Hause abgesetzt wurde. Wenn er nicht sowieso gleich in Seedorf am Strand blieb. Der Fahrer kam dann eben zum Schluss bloß noch alleine an die Rampe und lieferte die Papiere ab, und wir anderen zogen ihm die leeren Behälter von Maschine und Anhänger runter.

Sohni konnte sich das anscheinend leisten, jedenfalls beschwerte sich da niemand.

"Na wenn 's klappt, dann haben wir ja die ganze nächste Woche das Vergnügen zusammen", meinte Günther zu mir, nachdem er in die Halle gekommen war und wir uns per Handschlag begrüßt hatten.

"Ja klar", erwiderte ich und lachte ein wenig dabei, "ich weiß, das wird ein harter Ritt."

Und mit Blick auf die leere Beifahrerseite seines Lkws erkundigte ich mich: "Hat Sohni etwa heute schlappgemacht, musstest du ihn schon ins Bett bringen?"

"So ungefähr", stöhnte Günther, "bei jeder Stelle ab Kirchdorf, wo der Fahrer 'n Kaffee kriegt, da trinkt er 'n Bier und 'n Korn, oder auch zwei."

"Oje", machte Maike, die inzwischen zu uns gekommen war, und fügte dann mit sorgenvoller Miene in meine Richtung hinzu: "Na wenn du ihn da vertreten sollst, wirst du bestimmt jeden Tag zum Feierabend besoffen aus 'm Auto plumpsen. Prost Mahlzeit!"

Woraufhin ich bloß den Kopf schüttelte und lachend abwehrte: "Nee, das halte ich so nicht durch."

Zu dritt luden wir die leeren Rollbehälter der Landtour ab, und schon eine Viertelstunde später fuhr Günther wieder mit entspanntem Handgruß von dannen, seinem Feierabend entgegen.

Wenige Augenblicke danach erblickte ich Manu, wie sie vom Personalgebäude über den Hof in Richtung Halle gelaufen kam, mit den Papieren für die Spätschicht unter dem Arm.

"Hallo", rief ich und winkte ihr von der Rampe aus zu, und sie winkte mir fröhlich zurück.

"Wittke ist heut wieder dran", teilte sie mir kurz mit, als sie das kleine Treppchen hochkletterte, "du sollst mit Horst fahren, erste Tour Neukirchen."

Sie ging gleich weiter zu Maike nach hinten durch, um mit ihr ein paar Sachen zu besprechen.

Als nächstes trottete Wulske, gemeinhin der rasende Hochstapler genannt, diesmal zu Fuß vorbei und stellte sein lädiertes Kofferradio am Tor ab, es plärrte halblaut irgendeinen der aktuellen Discohits.

Ich wartete vorn noch ein bisschen weiter auf Horst, und als ich ihn ankommen sah, sprang ich von der Rampe runter auf den Hof und machte schon mal die Hängerklappe auf, während er rückwärts ranzufahren begann.

"Heute haben wir zu Anfang die perfekte Tour", empfing ich ihn, "Maschine plus Anhänger komplett für Einkaufszentrum Neukirchen."

Wir wussten beide, dass das schon mal mindestens zwei angenehme Stunden werden würden, nämlich eine Panoramatour auf der Landstraße bei herrlichem Wetter, knapp zwanzig Kilometer pro Strecke, bis in die nächste Kleinstadt, und bei Ankunft an der Entladestelle dann einfach nur die Paletten mit dem Hubroller runterziehen.

"Prima", freute sich Horst, und wir begannen gleich mit dem Gurten und Aufladen.

Zwischendurch drehte Manu Wulskes Radio ein bisschen mehr auf, weil ihr die Musik gefiel, aber nach einer Weile kam auf einmal nur noch Gequatsche. Irgendwas von 'Fluchthelfer' und 'illegalen Aktivitäten der verbrecherischen Lampl-Bande'.

"Such mal was anderes", bat ich Manu, als ich gerade zusammen mit Horst die vorletzte Palette in Richtung Rampe rauszog, und sie ging zum Radio rüber und kurbelte an der Sendereinstellung herum.

"Guttapercha ist eine kautschukähnliche Substanz, die aus dem milchigen Saft des exotischen Guttaperchabaumes gewonnen wird...", schepperte es plötzlich blechern aus dem Kasten, und ich sah sie an und wir mussten beide gleichzeitig losprusten.

"Guttapercha, na das fetzt ja jetzt!", rief ich und blieb vor lauter Lachen mit der Palette stehen.

"Ey, heute ist wohl wiedermal der Tag der komischen Wörter!"

Grinsend schüttelte ich den Kopf und deutete dann mit der Hand auf die Schrebergärten hinter der Umzäunung des Betriebsgeländes.

"Guckt mal!", sagte ich, scheinbar bereits wieder etwas ernster. "Wisst ihr, was da hinten ist?"

Horst und Manu blickten beide etwas verdutzt in die von mir angegebene Richtung.

"Na Mensch!", stieß ich hervor, "da hinterm Grenzzaun, da lauert die Lampl-Bande, direkt neben dem Guttapercha-Baum!"

Und dann schüttete ich mich wieder aus vor Lachen.

"Mensch, du machst wohl aus allem Witze?", fragte Manu, gackerte allerdings ebenfalls drauflos.

"Aber immer", bestätigte ich, "so überlebt man nämlich am leichtesten!"

Wir beluden unseren Lastzug zu Ende, erledigten den Papierkram, und um kurz vor zwei waren Horst und ich schließlich abfahrbereit.

"Gute Fahrt!" rief Manu und winkte noch einmal, bevor sie das Schiebetor schloss, während ich Horst draußen beim Ankuppeln des Anhängers half.

Dann stieg ich ein, und ab gings, vorbei am freundlich grüßenden Pförtner.

Vielleicht war heute sogar die hübsche Lehrlingsbraut vom letzten Mal wieder in Neuenkirchen, überlegte ich. Die mit den ganz dunkelbraunen Augen. Na mal sehn, hoffte ich, schön wär 's ja.

Horst gab ordentlich Gas, der Motor brummte gleichmäßig, und weil wir diesmal auch nicht an den Bahnschranken warten mussten, waren wir schon nach wenigen Minuten raus aus der Stadt.

Ich wickelte mein mitgebrachtes Käsebrötchen aus, machte es mir auf meinem Sitz bequem und sah zu, wie draußen vorm Fenster die sonnenbeschienene Landschaft vorbeiflog.

Jesus im Gewürzbehälter

Grenzkompanie bei Hildburghausen,

Grenze Thüringen / Bayern, Sommer 1980

"Hundertdrei, du fettes Ei, das ist die aktuelle Zahl!'", rief Berger beim Absteigen vom Lkw noch schnell gutgelaunt zu irgendeinem der anderen oben auf der Ladefläche. "Nicht mehr lange, du Tagesack, und ich werd als erstes 'ne ganze Woche lang im Knatter sein und alles wegvögeln, was mir vor die Flinte kommt!"

Routiniert kletterte er über die Bordwand und sprang nach unten, gab dann dem Fahrer im Rückspiegel ein Zeichen, klinkte ein paar Sekunden später das Magazin in seine Kalaschnikow ein und warf sich die Knarre lässig über die Schulter.

Der *Robur LO*[3], der uns vier zum Schichtwechsel gerade vorn am Kolonnenweg abgesetzt hatte, fuhr langsam an und zuckelte weiter.

"Kannst du glauben!", brummte er bekräftigend zu Melli rüber und rückte sich dabei das vom Sprung verrutschte Käppi zurecht. "Noch 103 plus Stunden, dann sind wir hier verschwunden! Aber davon dürfen die Zwischenkeime ja nicht mal träumen."

Lachend zeigten sich die beiden Gefreiten den gestreckten Daumen, während Schreini und ich bloß mit schiefem Grinsen daneben standen. Denn wir waren ja erst Soldaten im zweiten Diensthalbjahr, sogenannte 'Vize' oder eben 'Zwischenkeime', jedenfalls aber noch lange keine 'EK's, keine 'Entlassungskandidaten', wie die beiden.

Schreini trottete mit Berger los zum nächsten Tor im GSZ, dem Grenzsignalzaun, das sie passieren würden, um dann von dort aus ihren Streifengang zu beginnen. Sie waren eingeteilt, um den K-2[4] zu überprüfen, den stets sauber geharkten *'Kontrollstreifen zwei Meter'* direkt vor dem GSZ, und zwar im gesamten Abschnitt. Das hieß also, immer nur stur draußen am Zaun entlang zu latschen und dort alles nach eventuellen Fußabdrücken oder Wildspuren oder anderweitigen Auffälligkeiten abzusuchen, Kilometer um Kilometer, den ganzen Vormittag lang. Was bei dem heutigen Regenwetter freilich kein Vergnügen war. Erst recht nicht mit Berger als Postenführer, denn der konnte ziemlich ungemütlich werden.

---

3 üblicher Lkw der Grenztruppen, eingesetzt zum Mannschaftstransport

4 zwei Meter breiter Kontrollstreifen bzw. 'Spurensicherungsstreifen' unmittelbar vor dem ersten Zaun, um Eindringen in den Grenzabschnitt festzustellen

Da hatte ich es mit Melli diesmal eindeutig besser erwischt, sagte ich mir. Denn erstens galt Melli als ziemlich human, und zweitens wurde der Einsatz an Postenpunkt 125, also auf dem B-Turm 'Rottenbacher Höhe', als vergleichsweise komfortabel angesehen. Zumindest gab es schlechtere Schichten, was Einsatzort und Postenführer betraf.

Wir latschten die paar Meter vom Kolonnenweg bis zum Turm, Melli dicht hinter mir, immer in meinem Rücken. Denn der Posten hatte gemäß Dienstvorschrift stets vorneweg zu laufen.

Ich öffnete die knarrende Blechtür und kletterte die eiserne Hühnerleiter in der Röhre des BT 11 nach oben, hoch zur achteckigen Kanzel des elf Meter hohen Beobachtungsturms.

Oben angekommen, stellte ich Knarre und Verpflegungstasche ab und schloss einen Moment später hinter Melli die Bodenluke, der sich sogleich sein kleines, eigentlich natürlich verbotenes Sitzkissen aufblies und auf einem der beiden hochbeinigen Eisenrohrstühle, die rostigen Barhockern ähnelten, niederließ. Anschließend fummelte ich den Hörer für das Grenzmeldenetz aus meiner Beintasche. Dieses primitive Ding, das entfernt einer Taschenuhr ähnelte, oder besser einem dick mit Gummi ummanteltem Eishockey-Puck, an dem noch anderthalb Meter Strippe hingen. Keine beweglichen Teile, kein Schalter, nichts was abbrechen konnte. Robuste Feldtechnik, nur eine mit Drahtgeflecht vergitterte Sprechmuschel, die gleichzeitig als Hörer diente.

Ich entrollte das Kabel, stöpselte den Stecker in die dicht unter dem Fensterbrett befindliche Buchse ein und reichte Melli den Funker-Klops.

„17 hat jetzt Paula Paula Eins-Zwei-Fünf oberhalb bezogen", meldete er uns beim Führenden am Postenpunkt an, nuschelte ein paar Sekunden später noch sein obligatorisches ‚bestätigt' hinterher und gab mir den Hörer gleich wieder zurück.

Wie üblich klemmte ich ihn unter den Fenstergriff; fest genug, so dass der Gummiring das Mikro abdichtete und man uns im Netz nicht belauschen konnte. Aber wiederum auch nicht zu fest, denn man musste immer noch das tiefe Schnarren hören können, falls wir gerufen wurden.

Links aus der Senke sah ich einen *Robur LO* kommen, mit einem Motorrad *ES 250* dahinter. Es waren die Posten der Nachtschicht von der anderen Kompanie, die wir gerade abgelöst hatten und die jetzt zurück in ihre Kaserne fuhren.

„Die von der Neunten", gab ich Melli Bescheid und wies mit der Hand in die Richtung, „den Ello und die Esi, soll ich die reinmelden?" .

Er zündete sich eine Zigarette an und nickte, also nahm ich den Hörer, rief den Führenden und gab durch: „17 an 44, Ludwig Otto und Emil Siegfried von links, jetzt auf Höhe Paula Paula Eins-Zwei-Neun und weiter nach rechts, Ende."

Als Posten musste man möglichst erraten, was der Gefreite wollte. Klar, die meisten wollten im Prinzip nur ihre Ruhe. Kein langes Gelaber, kein kompliziertes Einteilen von Beobachtungssektoren, keine großen Einweisungen und Erklärungen wie in der Ausbildung. Kenne die Regeln und wisse ganz einfach, was du zu tun hast, und fertig. Nur bei dem einen hieß das eben, wage du ja nicht den Hörer anzufassen, denn Meldungen über das Netz mach ich selber und kein anderer. Oder einer war pingelig und wollte, dass jeder im Gelände hoppelnde Hase an den Führenden durchgegeben wurde, wo der andere bloß die Augen verdrehte und abwinkte. Auf jeden Fall hatte man schon mal einen guten Stand, wenn man möglichst viele der ungefähr 150 Postenpunkte auswendig kannte und auch sonst die Abläufe beherrschte, und vor allem: wenn man den Abschnitt jederzeit aufmerksam im Blick hatte. Denn übersah man etwas, kriegte der Postenführer Ärger, und das ließ er einen garantiert spüren.

In der Ferne erblickte ich einen Hubschrauber, der schnell näher kam.

„Da, guck mal!", raunte ich, aber Melli hatte ihn auch bereits gesehen, er spähte durchs Fernglas und nickte mir wortlos zu. Sofort schnappte ich mir den Hörer, rief den Führenden und meldete ihm die Alouette II vom Bundesgrenzschutz. Ein BGS-Routineflug, den man hier so gut wie jeden Tag sah, manchmal auch mehrfach. An sich nichts besonderes, und trotzdem musste man aufpassen, weil man sich hier bei der eigenen Truppe nämlich schnell zum Gespött machen konnte. Falls zum Beispiel das nächste Postenpaar den Hubschrauber bereits aus weiter Ferne aufklärte und reinmeldete, bevor man selber erst lahm zum Hörer gegriffen hatte. Am besten, nachdem der Überflug schon längst gelaufen war. Oder wie Lummi letztens, der viel zu spät etwas von einem Bo 105 - Helikopter vom BGS gestammelt hatte, obwohl es die Amis waren, mit einem großen Bell UH-1D. Denn nicht nur der Führende, auch ein paar der anderen hingen immer am

Netz und lachten sich kaputt über solche Kracher, und Lummi stand wieder einmal da als der Idiot des Tages. Und natürlich ließ der das hinterher an unsereins aus.

Ich nahm unsere Thermosflaschen aus der Verpflegungstasche, reichte Melli die seine und schraubte meine auf. Bloß gut, dass sie rot und nicht blau war, dachte ich flüchtig, denn sonst hätte ich sie mittels Pflaster mit der Aufschrift 'ROT' oder eben 'GRÜN' versehen müssen, da die Farbe Blau hier nur dem EK zustand, gemäß des inoffiziell geltenden, absurden Kodex'.

Behutsam goss ich mir etwas von dem heißen Tee in den Plastebecher ein und begann vorsichtig schlürfend zu trinken, immer nur einen winzigen Schluck, mehr aus Langeweile als dass ich Durst verspürte, und dabei ließ ich meinen Blick ringsum über das leicht hügelige Wiesengelände zwischen GSZ und Kolonnenweg schweifen. Links in der Senke verlief die Straße, die zur Grenzübergangsstelle Eisfeld-Rottenbach führte, zur GÜSt[5] an der B4. Dann sah ich nach vorn, also 'feindwärts', auf die Minensperre MS 66 mit den Tretminen zwischen den zweieinhalb Meter hohen Metallzäunen. Dahinter lag ein Stück Niemandsland und danach kam der Westen, der erstmal mit einer Aussichtsplattform und dem großen Parkplatz daneben begann.

„Mal sehn, wer uns heute so alles beglückt, von gegenüber", brummte Melli und suchte mit dem Fernglas drüben die Zufahrtswege zur Rottenbacher Höhe ab.

„Noch zu früh", gähnte er, „die pennen erstmal schön aus, am Wochenende."

Auch er goss sich jetzt Tee ein und begann zu schlürfen.

Manchmal unterhielt man sich mehr oder minder angeregt während der ganzen Schicht, je nachdem, mit wem man draußen Dienst schob und vor allem abhängig davon, wie der Gefreite gelaunt war. Doch zuweilen wechselte man auch stundenlang kaum einen Satz und stierte bloß stumm aus dem Fenster, mit dem Fernglas vor den Augen. Ich träumte mich dann oft weg, zum Beispiel zu einer schwimmende Blockhütte mit Dachsegel, die ich mir bauen wollte. Irgendwo an einem kleinen See in der Uckermark oder im Spreewald, wenn ich diesen Mist hier erst hinter mir hatte, gleich nach der Entlassung. Das war meine heimliche Zuflucht, an der ich immer mal wieder in Gedanken mit neuen Ideen und Verbesserungen äußerst kreativ feilte und bastelte. Aber besonders nachts hatte ich auch vermehrt Sexphantasien, da lag

---

5   Grenzübergangsstelle

die Dorfschönste bei mir am Kaminfeuer, in einer urigen Bauernkate am Ende der Welt, und streckte schmachtend ihre nackten Arme nach mir aus, während draußen in der Ferne ein Hund anschlug und den Mond anjaulte. Sowohl in meinem Traum als auch in der Realität.

„Im Nachbarabschnitt haben sie schon die neue Minensperre, die mit den vorne am Zaun hängenden Selbstschussdingern", begann Melli zu erzählen. „Ich hab gesehen, wie sie da die alten Tretminen sprengen und alles räumen, bevor sie den neuen Zaun hinsetzen. Mein lieber Scholli, das scheppert gewaltig! Sechstausend Stück von diesen kleinen Scheißdingern liegen da pro Kilometer drin verbuddelt!"

„Echt?", staunte ich. „Das hat man uns in der Ausbildung nicht erzählt."

„Uns auch nicht", lachte er, „das hab ich von woanders. Stimmt aber, garantiert."

„Na hier ist ja alles schon längst zugewuchert zwischen den beiden Zäunen", erwiderte ich, denn innerhalb der Minensperre vor uns standen etliche Sträucher und mannshohe Bäumchen, meist Birken und Kiefern.

„Klar", nickte Melli und grinste, „oder wer soll da reingehen und Unkraut jäten? Da springt höchstens mal 'n Reh drin rum, und dann macht 's *peng!* und es gibt Gulasch. Hab ich schon gesehen, an der 97, gleich hinterm Knick."

Ab und an würde auch schon mal eine Mine von selber hochgehen, besonders im Winter, erfuhr ich von ihm, nämlich wenn der Frost sie erst zusammengequetscht hatte und es später wieder taute.

Irgendwo zwischen Holzhausen und Veilsdorf wären vor Jahren sogar etliche Minen bis ins Hinterland geschwemmt worden, behauptete Melli als nächstes, oder jedenfalls da in der Gegend. Durch sich plötzlich bildende Schmelzwasserbäche, die von den Gebirgshängen runtergerauscht kämen, sprudelnd über Stock und Stein und alles unterspülend und mit sich reißend, was sich ihnen in den Weg stellte. So dass angeblich bereits kleine Kinder weiter unten im Dorf mit den komischen Schuhcremedosen gespielt hätten, an irgendeinem ruhig dahinplätscherndem Graben, zwei Kilometer vom 'Schutzstreifen' entfernt. Auch an der Elbe wäre sowas bei Hochwasser wohl schon passiert.

Mir erschien das zwar arg übertrieben, aber ich würde mich hüten, einem EK zu widersprechen oder ihn gar der Lüge zu bezichtigen. Außerdem wollte ich mich mit ihm ja noch weiter unterhalten und ihn daher nicht ‚vergrämen', wie es im Grenzerjargon hieß. Denn es gab natürlich so einige heikle Themen, bei denen man sich schon etwas genauer überlegen musste, mit wem man sie besprach. Hier liefen ja in jeder Kompanie hauptamtliche Stasileute rum, und zwar getarnt in Grenzeruniform, das war bekannt. Die Gummiohren waren nun mal überall, selbst unter den Soldaten, und man wusste nie, ob nicht über das eben noch so freundschaftlich und angeregt geführte Gespräch bereits wenige Stunden später ein ausführlicher Bericht bei der Abteilung 2000[6] oder beim Politoffizier landete.

Aber Melli schien mir nicht zu dieser heimtückischen Kategorie zu gehören.

„Diese neuen Hängeminen, diese Selbstschussdinger", erkundigte ich mich, „hat die nicht mal einer von drüben geklaut?"

„Ja", bestätigte Melli, „ So 'n Typ aus 'm Osten, irgendwie freigekauft oder ausgereist oder so, der hat davon welche vor vier Jahren von drüben aus abmontiert und nach Bonn zur Regierung gebracht. Oder zur Presse, was weiß ich. Beim nächsten Versuch wurde er aber abgeknallt."

„Stimmt", erwiderte ich. „kam im Westfernsehen, ich erinnere mich."

„Hier solls doch auch einen geben, der ab und an mal herkommt, nur um 'nen Grenzpfahl anzupissen", meinte Melli. „Aber bei mir ist der noch nicht aufgetaucht."

Angeblich ein ehemaliger GAkl[7], so hieß es, der abgehauen war und jetzt in Bayern lebte.

Ich rutschte vom Hocker runter, wühlte wieder in der Fresstasche und holte die Stullenpakete raus. Denn auch Essen half gegen die Langeweile. Andere rauchten dafür wie verrückt.

„Alles ein Scheißspiel", seufzte Melli, sich eine neue Zigarette anzündend, „bloß was willst du lange grübeln? Da hinten stehen Zäune und überall sind Warnschilder dran, groß und deutlich: *'Achtung Minen! Gesperrt! Lebensgefahr!'*, und wenn einer trotzdem kommt, dann hat der sich nicht verirrt sondern weiß sehr genau, worauf er sich hier einlässt. Selber schuld, oder? Es ist nun mal verboten, das Grenzgebiet zu betreten, wir müssen uns alle an Gesetze halten. Also bitte. Der oder ich, darauf läuft 's doch am Ende

---

6   Stasi

7   DDR-Grenzaufklärer

hinaus. Oder meinst du, wegen dem gehe ich nach Schwedt[8] und ruiniere mir mein Leben?"

„Tja", machte ich unschlüssig und zuckte mit den Schultern.

„Weißt du, ich wäre auch lieber gemütlich irgendwo zu den Rückwärtigen Diensten gegangen", fuhr er fort, „oder als Funker, aber ich konnte es mir leider nicht aussuchen. Oder hat dich jemand gefragt?"

Auf seine rhetorische Frage hin schüttelte ich nur kurz den Kopf und schwieg. Ja es war alles Mist, das mit der Grenze, dachte ich. Aber andere in unserem Alter waren im Schützengraben vor Stalingrad oder Verdun verreckt, vor noch gar nicht so langer Zeit. Elendig krepiert, erfroren, erschossen oder verhungert, während irgendein überfressener Generalissimus mit fettglänzenden Lippen *'Der Krieg bekommt mir wie eine Badekur'* rülpste, was den kleinen Leuten obendrein noch als Patriotismus verkauft wurde. So gesehen konnten wir uns hier am Kanten doch heutzutage glücklich schätzen, nicht wahr? Oder war es bloß wieder dasselbe Muster? Man nahm ja immer so gerne möglichst junge Soldaten, weil die schön leicht zu manipulieren waren, und deshalb lag auch das Durchschnittsalter der amerikanischen GI[9]s im Vietnamkrieg so niedrig, weil man älteren Familienvätern wohl kaum noch weismachen konnte, dass sie dort für Freiheit und Humanis...

„Grenzzolldienst!", riss mich Melli aus meinen Gedanken und zeigte auf das Fahrzeug, das drüben gerade die Zufahrtsstraße hochkam. Ein VW-Bus vom GZD. Er fuhr auf dem Parkplatz, drehte sich mit der Windschutzscheibe in unsere Richtung und machte den Motor aus. Besetzt mit zwei Mann, die Beamten stiegen aber gar nicht erst aus.

Nach einem kurzen fragenden Blick zu Melli gab ich ihm den Hörer, und er setzte selber die Meldung an den Führungspunkt ab.

Dann beobachteten wir, wie wir beobachtet wurden, das Übliche halt. Diesmal winkte uns freilich niemand zu, die Herren vom Zoll wirkten desinteressiert. Sie blieben bloß ein paar Minuten und fuhren wieder weg, wie sie gekommen waren.

---

8   Standort des DDR-Militärgefängnisses

9   einfacher US-Soldat

„Manchmal hast du auch echte Arschlöcher dabei", erklärte Melli. „Im Winter, wenn du wegen Grenzalarm vorne bibbernd am K-6[10] in der Abriegelung liegst und dir die edlen Teile abfrierst, bei minus zehn Grad und fast zur Eismumie erstarrt, da kommen die fröhlich angefahren, kurbeln die Seitenscheibe runter, wischen sich die Schweißperlen von der Stirn und stöhnen: *'Ja mei, a Moaddshitze is desch hia in dem Karren'*, irgendwie sowas. Das finden die witzig."

„Voll die Spaßvögel", antwortete ich und unterdrückte ein Lachen. Wer weiß, dachte ich, etliche von denen waren vielleicht ganz in Ordnung und meinten es wirklich gut, wenn sie grüßten und zu uns hinüber winkten. Aber das sagte man hier besser nicht laut, und natürlich durften wir so eine 'feindliche Kontaktaufnahme' keinesfalls erwidern. Immer nur Meldung machen und fertig, schließlich war das ja eine 'Grenzprovokation'. Außerdem sollte es schon Fälle gegeben haben, wo unsereins doch einmal freundlich zurück gewunken hatte - und die drüben fotografierten einen dabei und schickten das brühwarm in Hochglanz und Farbe an den hiesigen Kompaniechef persönlich, mit freundlichen Grüßen zur Ansicht. Oder war das bloß ein blödes Gerücht, gestreut von den eigenen Offizieren, um uns stramm auf Linie zu halten? *(Apropos 'eigene Offiziere' – das ist wohl etwas unglücklich formuliert, denn unter Soldaten und Gefreiten wurden diese hier, so wie alle Längerdienenden bei allen Waffengattungen, nur verächtlich als Tagesack, Ranzen, Batzen, Tageschwein, Boiler, Buckel, Nieheim und so weiter bezeichnet. In dieser Frage herrschte Einigkeit zwischen den Diensthalbjahren, man traute denen nicht und musste stets vor ihnen auf der Hut sein.)*

„Naja, noch hundertdrei Tage", stöhnte Melli und zog seinen Bandmaßbehälter aus der Hosentasche, „aber die goldene Schicht rückt näher und näher. Dann hat 's endlich geschissen, und für *EK Trecker* ist Heimgang angesagt. Ich hab was Besseres zu tun, als mir hier jeden Tag den Arsch platt zu sitzen oder Nacht für Nacht sinnlos durch den Grenzwald zu kriechen."

Sein bunt bemaltes Bandmaß hatte ich schon oft genug zu sehen bekommen, und die der anderen EK's ebenfalls, denn die wurden uns ja so ziemlich bei jeder Gelegenheit unter die Nase gehalten. Daher wusste ich auch, dass neben der heutigen Tageszahl 103 ein Kreuz stand, oder bei manchem sogar zwei.

---

10   sechs Meter breiter Kontrollstreifen bzw. 'Spurensicherungsstreifen' unmittelbar vor dem letzten Zaun, um Grenzdurchbrüche festzustellen

Weil es am Postenpunkt 103 nämlich zwei Tote gegeben hatte, nicht allzu weit entfernt von hier, vor knapp viereinhalb Jahren. Ein bewaffneter NVA-Deserteur, der rüber in den Westen wollte, war im Grenzgelände auf zwei offenbar eingenickte Grenzer getroffen und hatte sie mit seiner MPi erschossen, bevor er über den letzten Zaun geklettert und abgehauen war, in einer frostigen Nacht kurz vor Weihnachten. Gleich in unserer ersten Woche hatte man uns Neulinge zugweise zur Nachbarkompanie rübergefahren, wo in der Kaserne eine Art Museumszimmer für die beiden eingerichtet worden war. Ja, und ich muss zugeben, das machte einen dann doch ziemlich nachdenklich.

Im weiteren Verlauf des Vormittags erschienen noch je ein Dienstfahrzeug der BLP[11] und des BGS sowie zwei zivile, augenscheinlich private Pkw, die aber stets nur wenige Minuten verweilten und danach wieder verschwanden, ohne dass überhaupt jemand ausgestiegen war. Einer rauchte und schnipste zum Schluss die Kippe aus dem Fenster, mehr passierte nicht.

„Unten an der GÜSt ist auch nicht viel los", meinte Melli gelangweilt und ließ das Fernglas sinken.

„Warst du schon mal nachts hier oben auf der 125?", fragte er mich.

„Nein", antwortete ich, „nur zweimal Spätschicht."

„Weil meistens so kurz nach Mitternacht, da testen die ihre Straßensperre", verriet er mir. „Du heilige Scheiße, ich sage dir! Das hörst du kilometerweit, wenn da die Betonsperre rausgeschossen kommt und gegen die andere Seite klatscht und einrastet. Wumms! Angeblich hält das Ding sogar stand, selbst wenn ein fetter 30-Tonner mit achtzig Stundenkilometer da rauf rauscht."

Er verzog das Gesicht und kratzte sich an der Nase. Im Zivilleben arbeitete er als Landmaschinenschlosser, hatte er mir mal erzählt, wollte vielleicht sogar noch Maschinenbau studieren, also kannte er sich sehr wahrscheinlich mit Unfallschäden an größeren Fahrzeugen aus und stellte sich die Szene bestimmt entsprechend plastisch vor.

„Mit 'nem normalen Pkw knackst du das jedenfalls nicht", fügte er schließlich noch beinahe bewundernd hinzu, „da bist du platt wie 'ne Briefmarke, und das Monster muss höchstens neu lackiert werden."

---

11 Bayerische Landespolizei

Wir unterhielten uns weiter über ein paar Belanglosigkeiten aus unserem tristen Soldatenalltag, ließen dabei aber unablässig die Blicke über den Sektor schweifen, um zusammen stets die vollen dreihundertsechzig Grad abzudecken. Immer von der einen Seite zur anderen, bis zum Rand und wieder zurück. Wie ein Radargerät, das aus zwei Parabolantennen bestand. Hin und her, und nochmal von vorn. Denn auch wenn es hier in Richtung Westen zwar meistens viel interessanter zuging, musste man trotzdem doch jederzeit das Hinterland im Auge behalten.

Nach einer Weile stand ich vom Hocker auf, um mir ein wenig die eingeschlafenen Beine zu vertreten. Dabei fiel mein Blick wieder einmal auf die an den Wänden, direkt unter den Fensterbrettern, montierten Elektroheizungen. Waagerecht angebrachte, schwarze Röhren, entfernt an Taucherflaschen erinnernd, nur mit vielen kleinen Luftlöchern darin. Waren das nicht die gleichen Geräte, die sich auch überall unter den Holzsitzen der Berliner S-Bahn befanden? Schon bei meinem ersten Mal auf einem Grenzturm hatte ich darüber nachgegrübelt, war mir jedoch bis heute nicht ganz sicher.

Als ich Melli danach fragte, zuckte er bloß mit den Schultern und zog an seiner Kippe.

„Im Winter wirst du froh sein über die Dinger", versicherte er mir, „da wickelst du dich drumrum, so dicht es nur geht. Die werden ganz gut heiß."

Er grinste kurz und fuhr fort: „Außerdem kannst du dir da drauf deine kalten Stullen aufbacken, zumindest einigermaßen. Bloß wehe wenn Fett reintropft, dann stinkt der ganze Turm hinterher stundenlang wie 'ne angebrannte Würstchenbude."

Schöne Aussichten, dachte ich, streckte abwechselnd meine kribbelnden Beine aus und hielt mich dabei mit einer Hand vorsichtig an dem in Kopfhöhe befindlichen Griff des Drehgestells fest, mithilfe dessen der Scheinwerfer oben auf dem Turmdach bewegt werden konnte.

„Übrigens, wenn du mal oben aufs Dach willst", meinte Melli beiläufig und zeigte auf die Luke an der Decke, „das musst du woanders machen, bei der 76, das ist 'n BT 9, der hat 'n Flachdach, geht einfacher. Oder an der 58, BT Fischerhütte, ganz hinten bei Streufdorf, da kriegt es keiner mit, wenn du mal kurz Sonne tankst und die bombastische Aussicht genießt. Hier ist viel zu viel los, wegen dem Aussichtspunkt drüben. Da kommt Hinz und Kunz angeschissen, und manchmal lassen sich sogar Amis blicken, aber selten. Die kommen in Tarnuniform mit schlorrigen Jeeps angeprescht und..."

Da hielt er mitten im Satz inne.

„Ich glaub es geht los", flüsterte er gespannt, „die Omas von der Kaffeefahrt sind im Anmarsch."

Ich drehte mich zu ihm und hob mein Fernglas. Ein großer Reisebus rollte drüben gemächlich das letzte Stück der Anhöhe hinauf, zirkelte dann ein bisschen auf dem Parkplatz umher und öffnete die Türen.

Leute stiegen aus, zunächst ältere Frauen und grauhaarige Männer, die steifbeinig die Stufen am Bus herunter staksten, anschließend ein paar Meter gingen und sich unschlüssig umsahen. Allerdings folgten ihnen sogleich auch etliche jüngere Frauen, darunter Mädchen im Teenageralter, in kurzen Hosen und T-Shirts, oder in feschen, kurzärmeligen Blusen, die weit aufgeknöpft waren. Immerhin hatten wir ja Mitte Juli, und die Regenwolken vom Morgen waren längst weiter gezogen, so dass die nun hoch am Himmel stehende Sonne inzwischen ganz gut wärmte.

„Geschlechtsalaaarm!", rief Melli mit derselben langgezogenen Intonation wie bei 'Gefechtsalarm', freilich mit gedämpfter Stimme. „Lauter Zarte, ich werd verrückt, ich krieg 'nen Samenkoller!"

„Soll ich das so reinmelden?", fragte ich trocken, reichte ihm aber auf seine Handbewegung hin den GMN-Hörer, damit er das selber erledigen konnte.

Mit offenen Mündern glotzten wir beide und schraubten an unseren Ferngläsern. Die meisten aus dem Bus waren mittlerweile zur Aussichtsplattform hinaufgestiegen und deuteten ab und an auf irgend etwas in der Ferne. Ein paar winkten zu uns rüber, zwei der Mädchen warfen uns sogar Kusshände zu und riefen übermütig etwas Unverständliches.

Selbstverständlich meldete Melli diese 'versuchte Kontaktaufnahme' vorschriftsmäßig in den Bunker. Personenanzahl, Busunternehmen, bla bla bla. Denn falls er es nicht tat und der Führende trotzdem anderweitig davon Wind bekam, gab es ordentlich Ärger.

„Die links da, in dem gelben T-Shirt", raunte er mir zu, „oh mein Gott, wie das wackelt!"

„Puh!", machte ich und atmete geräuschvoll aus. "Der würde ich alles versprechen."

Aber von so einer siebzehnjährigen Schönheit konnten wir armen Schweine leider nur träumen.

Wir standen vorn am Kolonnenweg und warteten auf den *LO*, der uns zurück in die Kaserne bringen sollte. Die Ablösung von der anderen Kompanie saß schon längst oben auf dem Turm.

„Schmitti, mach hin, du Krücke!", fluchte Melli leise vor sich hin, als sich der Lkw langsam näherte, und trat seine Kippe mit dem Stiefel aus. Wir klinkten beide die vollen Magazine aus unseren Waffen, verstauten sie in den Gürteltaschen, luden dann einmal durch und guckten dabei in die Kammer, ob sie auch wirklich leer war, und drückten ab. Es machte leise *klick*, alles in Ordnung. Angeblich sollte es gelegentlich schon mal vorkommen, besonders nach der Nachtschicht, dass ein verpennter Trottel dabei Salutschießen veranstaltete und eine scharfe Mumpel in den Himmel jagte.

'Der Lupo lauert überall', wie Melli solche Gefahren meist kommentierte, 'aber *EK Trecker* wird von keinem der Heimgang versaut'.

Der Lupo war sowas wie ein allgegenwärtiges, böses Phantom, der Urfeind eines jeden Grenzers. Das Anti-Maskottchen.

Kurze Zeit später hielt Schmitti mit dem *LO* auf unserer Höhe, wir stiegen auf, und weiter ging 's, das nächste Postenpaar abholen.

Nach und nach füllte sich die Ladefläche. Die meisten steckten sich eine Zigarette an, kaum dass sie saßen, und pafften vor sich hin. Melli wurde nach den Mädchen vom Reisebus ausgefragt, und Berger berichtete irgendwas von Wildschweinen, die an etlichen Stellen wieder gewühlt hätten.

„Hinten an der 148, wo der Sonneberger Abschnitt anfängt", erläuterte er, „muss echt 'ne riesige Rotte gewesen sein, da ist alles umgegraben." Vielsagend verzog er sein Gesicht zu einer merkwürdigen Grimasse und stieß dabei bedeutungsschwer nickend eine Rauchwolke durch die Nase aus. Sein Posten Schreini blieb stumm, seinem Blick nach zu urteilen war er froh, dass er die Schicht mit Berger hinter sich hatte.

Als wir aus dem Abschnitt rausfuhren, konnten wir am GSZ-Tor gleich durchrollen, da das als Motorradstreife eingesetzte Postenpaar Lummi und Losche schon dort bereitstand und alles für uns erledigte. Denn normalerweise dauerte diese Prozedur ja einige Minuten; man musste sich nämlich erst per GMN beim Führenden anmelden, auf die Erlaubnis zum

Öffnen des Tores warten und sich nach der Durchfahrt ebenso wieder abmelden. Und zwar ordnungsgemäß mit der Bestätigung, dass man 'Spurensicherheit wiederhergestellt' hatte, also dass der K-2 wieder makellos sauber geharkt und jeder Abdruck beseitigt worden war.

Aber wie schon erwähnt, heute übernahmen das Lummi und sein Posten Losche für uns, so dass wir keine Zeit verloren und möglichst schnell zurück zur Kaserne fahren konnten. Die beiden mit ihrer *Esi* würden uns in Kürze nachfolgen und bald wieder eingeholt haben.

Solche Aktionen brachten Lummi natürlich Pluspunkte beim Rest der Mannschaft ein, besonders bei seinen EK's, und weil andererseits reichlich Anekdoten nicht unbedingt schmeichelhaften Inhalts über ihn kursierten, konnte er die auch gut gebrauchen. Manche nannten ihn hinter vorgehaltener Hand auch bloß spöttisch den 'kleinen Muck', weil kaum jemand dieses Kerlchen ernst nahm. Der lächerliche kleine Muck, der andauernd über seine großen Pantoffeln stolperte. Vielleicht versuchte er deshalb öfter mal betont markig zu wirken, besonders vor uns Neuen. So schwafelte er beispielsweise gern vom ,Granzwulld', was wohl irgendwie nach altem Haudegen klingen sollte, ihn aber in unseren Augen bloß umso armseliger erscheinen ließ.

Bei der Ankunft in der Kompanie lief immer dieselbe eingespielte Routine ab. Erstmal Knarren abgeben in der Waffenkammer und danach zügig zum Essen einrücken, denn der Magen knurrte natürlich meist schon.

Heute wurde uns Gulasch mit Salzkartoffeln aufgekellt, und es erwies sich als durchaus essbare Mahlzeit. Zusammen mit den Küchenfrauen, drei älteren Muttis aus dem Dorf, sorgte Pitti für unsere Verpflegung. Eigentlich war er ja Elektriker von Beruf, aber so lief das nun mal überall bei der Armee, zumindest in diesem Land: der gelernte Koch fuhr Lkw und der Kfz-Mechaniker wurde als Küchenbulle eingeteilt. Ob durch dieses Konzept der universellen Austauschbarkeit die Kampfkraft der sozialistischen Streitkräfte gesteigert werden sollte, ließ sich freilich nie so recht in Erfahrung bringen.

Nach dem Essen war Waffenreinigung angesagt. Also antreten, Knarre wieder aus der Waffenkammer holen, runter in den Waffenwartungsraum - und putzen. Merke, Genosse Soldat: eine Waffe ist nie ganz sauber, niemals! Entweder es fand sich irgendwo am Verschluss etwas zu viel Öl, oder zu wenig, oder der Lauf war vielleicht nicht richtig durchgezogen. Ha, und der obere Handschutz, wenn man da innen mit dem Finger reinging, oder mit einem Stück weißen Papier, na siehe da! Wie, und da am Visier, was war das? Oh, auch dort, im Querschlitz der Beschlagschraube, unten an der Schulterstütze, das sah aber gar nicht gut aus!

Man konnte jedenfalls immer etwas finden, wenn man es darauf anlegte, doch im Normalfall ließ einen der Waffen-Uffz in Ruhe. Bloß wenn jemand zu fix sein wollte und nur so husch-husch bei der Sache war, durfte er hinterher nochmal antreten und ausgiebig nachputzen.

Als nächstes war Revierreinigen dran, ‚BGS', wie es die Gefreiten mit dem ihnen eigenen Humor nannten, also *'Bude, Gang, Scheißhaus'*. Sie hatten ja auch gut Lachen, denn natürlich delegierten sie das komplett an uns, das zweite Diensthalbjahr, die lieben ‚jüngeren Genossen'. Ebenso wie die gründliche Reinigung der Verpflegungstaschen inklusive der auseinander zu schraubenden Thermosflaschen. Was insgesamt jedoch zu verschmerzen war, da es eben alles in allem bloß zwanzig oder dreißig Minuten Mehrarbeit pro Tag bedeutete.

Wir waren sechs Mann auf der Bude, drei Soldaten und drei Gefreite, so wie bei den meisten. Es gab aber auch eine Achterstube.

„Los, der Heimi braucht Musik, und setzt mal 'ne Kanne Negerschweiß an!", dröhnte Berger. „Zügig, macht mal Ballett!"

Kallo schaltete das Kofferradio ein, auf dem ein langes Pflaster mit den vorschriftsmäßig angebrachten Strichmarkierungen für die erlaubten Ostsender aufgeklebt war, und kurbelte solange, bis er etwas gefunden hatte, das Berger zu gefallen schien. Ich sauste derweil los und holte Wasser, während Pinne sich um Kaffeepulver kümmerte und das *Ufo* klarmachte. Das *Ufo*, bei uns gelegentlich auch *Atomino* genannt, bestand aus den beiden wacklig verschraubten und mit Kabeln versehenen Blechdosenhälften, die eigentlich zur Aufbewahrung der Anti-Beschlag-Folien für die Gasmaskengläser dienten. Wenn man diesen Höllenapparat ins Wasser tauchte und dann ans Stromnetz anschloss, begann zunächst ein Perlen, dass schnell zum Blubbern wurde. Wahrscheinlich zersetzte sich die Flüssigkeit mit allen enthaltenen Mineralien erstmal elektrolytisch wie in einem Chemiereaktor in ihre einzelnen Bestandteile, um anschließend gleich weiter zu zehntausend unbekannten Giftsubstanzen zu reagieren, aber auf jeden Fall erhielt man so innerhalb kürzester Zeit eine Kanne voll kochendes Wasser. Meistens jedenfalls, weil zuweilen leider auch bloß die Sicherung rausflog. Nebenan besaßen sie stattdessen zwar einen niedlichen alten Reise-Tauchsieder, doch erstens kriegte man damit höchstens einen Zahnputzbecher voller Wasser heiß, alles andere dauerte ewig - und zweitens war der genauso verboten, aus Brandschutzgründen. Wenn es dem EK allerdings auch nach warmen Speisen gelüstete, zur Einnahme direkt auf Stube, dann bedurfte es weiterer erfindungsreicher Konstruktionen. So sollte man beispielsweise Bockwürste erhitzen können, indem man links und rechts je eine Gabel reinstach und diese dann einfach über Kabel und Bananenstecker mit der Steckdose verband. Aber das hatten wir nie ausprobiert.

Berger und die beiden anderen Gefreiten auf unserer Bude, Jentsch und Olli, waren aktuell in Hochstimmung, denn sie durften nachher in Ausgang gehen. Vorher tranken wir alle zusammen noch gemütlich Kaffee; zu sechst saßen wir am Tisch und alberten rum, den frisch gekochten Mokka duftend in den Tassen vor uns auf dem Tisch.

„Mal sehen, was an Material so verfügbar ist in dem Kaff hier", brummte Jentsch, und Berger trällerte zur Musik des Radios vor sich her und murmelte etwas von 'Ferkelgreifen in der Nahkampfdiele'.

„Wer ist eigentlich UvD[12] heute?" fragte Jentsch, „Untervisier[13] Bartel, oder? Ach, bei dem Milchbubi wird der E mal locker-flockig ein Null-Siebener-Glasmantelgeschoss[14] einschmuggeln, das können wir dann nächste Woche zu meinem Geburtstag entschärfen."

„Das wär 'ne bestätigte Maßnahme", stimmte Berger ihm zu.

„Obwohl Bartel, naja, ich weiß nicht", meldete Olli Zweifel an, „der Arsch will manchmal auch ganz schön durchdrücken. Bildet sich sonstwas ein."

Woraufhin Berger den Finger hob und lakonisch den Standardspruch zitierte: „Merke: Es ist kein Mensch, es ist kein Tier – nein, es ist ein Unteroffizier."

---

12 Unteroffizier vom Dienst

13 oft verballhornend für Unteroffizier

14 0,7 Liter Schnapsflasche

Ein paar Minuten später kamen noch zwei Gefreite aus der Nachbarbude zu uns rüber, mit ihren leeren Tassen, und auch für die reichte es noch. Der eine von ihnen, Schuko, hatte den oberen Bügel von seinem Bettgestell mit dabei, in den er ab und an verhalten pustete. 'E-Horn-Blasen' nannte sich das und wurde vorzugsweise zu später Stunde praktiziert, dann allerdings in voller Lautstärke, wobei man sich freilich besser nicht erwischen ließ.

„Vielleicht treffen wir ja heute Abend die Süße aus dem Theater", meinte Berger, „wisst ihr noch?"

Vor zwei Wochen hatte man die Kompanie geschlossen zur einer Veranstaltung ins örtliche Kulturhaus einrücken lassen, und seitdem drehten sich die Gespräche der Soldaten immer mal wieder um das hübsche Mädchen, das da zum Schluss aufgetreten war. Sie hatte irgendwas Belangloses gesungen, von einer verlorenen Mütze oder so.

„Au ja", brüllte Jentsch begeistert, „mit der werd ich ein Duett aufführen!"

Er sprang auf und sang, nicht zum ersten Mal:

Ich kauf mir lieber einen Tirolerhut,
der steht mir so gut, der steht mir so gut!

wobei er sich bei *'der steht mir so gut'* demonstrativ zwischen die Beine griff und mit den Händen ein riesiges imaginäres Geschlechtsteil formte, bevor er weiter grölte:

Dann macht sie heute Abend Blasmusik,
bläst an meinem besten Stück!

Naja, und Schuko aus der Nachbarbude tutete dazu kräftig auf der mitgebrachten Bettgestell-Posaune, so dass wir uns alle acht doch ziemlich schlapplachten über diese Nummer.

Hinterher brüllte einer der Gefreiten 'Kontrolle!' und die anderen zeigten johlend ihr Bandmaß vor und brachten die üblichen Sprüche.

„Na, wie viele Tage habt ihr noch?", wurden Pinne, Kallo und ich gefragt, und wir mühten uns, die E's zu erheitern, etwa mit einer fachspezifischen Antwort: „so viele wie Stacheln am GSZ dran sind", oder ein wenig poetischer: „wie Sternlein am Himmelszelt stehen", oder wahlweise für höhere intellektuelle Ansprüche: „noch n hoch n Tage, wobei n größer als eine Million ist".

„Mach mal lauter", rief Berger plötzlich zu Kallo, denn im Radio wurde gerade ein bekannter Rocksong gespielt. Alle am Tisch redeten nun leiser, lauschten stattdessen mehr den Klängen aus dem Lautsprecher und wippten dabei ein bisschen mit den Füßen.

„Ist 'n fetziger Song, voll bestätigt", meinte Berger hinterher, „bloß der Text ist seltsam, hm? Oder was soll das bedeuten? 'Nesterregend flieg ich durch die Welt'? Hä? Versteh ich nicht."

Allgemeines Schulterzucken, so genau hatte wohl keiner hingehört.

„Der singt nicht 'nesterregend', das ergibt doch keinen Sinn", erwiderte ich zögernd und versuchte, mir die Stelle ins Gedächtnis zu rufen. „Sondern 'Klagt ein Vogel, ach, auch mein Gefieder, nässt der Regen, flieg ich durch die Welt[15]', so kommt das hin. 'Nässt der Regen', so heißt das richtig."

Berger sah mich verblüfft an. Meine bescheidenen Kenntnisse in puncto Popmusik hatten mir schon ein paarmal etwas Anerkennung verschafft; ja ich wusste ein bisschen was über angesagte Ostgruppen, nicht nur über die großen westlichen Rockbands. Aber immer schön bescheiden bleiben und sich selber nicht zu wichtig nehmen, das war die Devise, insbesondere bei dem Haufen hier, sagte ich mir. Denn ein Vize zählte an diesem Tisch nun mal zu den Angehörigen der niederen Kaste und war noch lange kein EK.

„Ist aber wirklich echt schwer rauszuhören, das geht glaube ich vielen so", schob ich daher noch fast entschuldigend nach, „und ich hatte es auch erst kapiert, als ich den Text mal gedruckt gesehen hab, vorher nicht." Was zwar gelogen war, aber Berger sein Gesicht wahren ließ und so die entspannte, ausgelassene Stimmung gar nicht erst beeinträchtigte.

Nach der Kaffeerunde machten sich die Gefreiten für den Ausgang fertig, Pinne verstaute den Atomtauchsieder wieder im Versteck, und ich erledigte den Abwasch.

Plötzlich klopfte es an der Tür, und Soldat Losche von gegenüber trat ein.

„Gevatter Schuko wünscht ihn zu sprechen", sagte er in feierlichem Ton, „möge er mir folgen."

Na was das wohl wieder wird, dachte ich, aber da der Gefreite Schuko noch vor fünf Minuten als fröhlicher E-Hornist hier mit am Tisch gesessen hatte

---

15 Gruppe City mit 'Am Fenster', um 1980 sehr populär

121

und allgemein als gutmütig galt, wenn auch mit leicht verrücktem Einschlag, rechnete ich eigentlich nicht mit einem Anschiss.

„Angetreten zur feierlichen ABV[16]-Maßnahme mit vorangehendem Anschauungsunterricht!", wurde ich beim Eintreten von Schuko begrüßt, der Bandmaß und Schere in der einen Hand hielt und mir mit der anderen einen kleinen quaderförmiger Plastebehälter mit einer Figur darin entgegenstreckte. Es war ein Spielzeugsoldat aus Gummi, das hässlichste Exemplar, das ich je gesehen hatte. Die Augen schielend aufgemalt, das Gewehr quer auf den Schultern liegend, wie Jesus der sein Kreuz schleppte, bloß in Uniform.

„Was ist denn das?", staunte ich und nahm das durchsichtige Behältnis mit der merkwürdigen Gestalt im Innern näher in Augenschein. „Die arme Sau da in dem Schneewittchensarg sieht ja so matschig aus wie das Leiden Christi nach 'ner Woche Grenzalarm!"

Offenbar war das Schukos Schatulle für seine kostbaren abgeschnittenen Bandmaßschnipsel, soviel hatte ich begriffen. Dutzende davon lagen ja bereits da drin und bedeckten wie eine gelbliche Schneeschicht den Boden, und wenn man diese Box umdrehte oder schüttelte, wirbelten sie um den krummbuckligen Landser herum wie vertrocknetes Laub im Herbststurm.

Vorsichtig betrachtete ich das kleine Schaukästchen in meiner Hand und kippte es dabei hin und her. An der schmaleren Oberseite war ein kleiner Schlitz angebracht worden, wahrscheinlich mit einem heißen Messer. Unten am etwas breiteren, gelben Sockel haftete noch ein Etikett, auf dem 'Gewürzbehälter 250 ml aus transparentem Kunststoff' zu lesen stand. Der arme Gummisoldat war an der Innenseite dieser Bodenplatte, die wohl ursprünglich als Deckel vorgesehen war, festgeklebt worden. Hier stand eben alles kopf, es war ein Diorama des Absurden.

„Soldat Jesus, eingesperrt in 'ner gewürzten Gummizelle aus Plexiglas", fasste ich grinsend zusammen und gab Schuko die abstrakte Kunstinstallation mit anerkennendem Nicken wieder zurück.

„Virtuos fabriziert, wahrlich! Kompliment dem Künstler! Höchstens noch mit einer Prise Pfeffer auf den Stahlhelm nachwürzen, oder Paprika, für etwas mehr Schärfe."

---

16 ABV für Abschnittsbevollmächtigter; eigentlich eine Art Kontaktbeamter der DDR-Volkspolizei, unter Soldaten aber scherzhaft beim Abschneiden des Tagesabschnitts am EK-Bandmaß verwendet

Losche lachte, und auch Schuko schien amüsiert.

„Spreche Belobigung aus wegen besonders blickigen[17] Verhaltens vorhin", rief er, hielt mir sein Bandmaß vor das Gesicht und drückte mir eine Schere in die Hand.

„Habe die Ehre mit der Schere, der Tag muss ab - schnipp schnapp!", erwiderte ich, führte den Schnitt aus und stopfte den Tagesschnipsel hinterher in der Behälter.

„Gewürzjesus, stillgestanden!", kommandierte Schuko dazu, schüttelte alles noch einmal richtig durch und betrachtete dann neugierig aus nächster Nähe den Gummisoldaten in seiner durchsichtigen Plastekapsel, so als wäre er selber Goliath, der sein Riesenauge an das Fenster eines Miniatur-Hochhauses bringt und ein verängstigtes Menschlein darin unverwandt anstarrt.

„Angeschissen, Kumpel, hm?" murmelte er vor sich hin und kicherte ein bisschen irre dabei.

„Ich würde dem Kameraden in seinem Glasgefängnis ja noch so 'n knackigen Sinnspruch hinten an die Wand kleben", bemerkte ich lakonisch. „Zum Beispiel das gute alte lateinische ‚Ubi bene, ibi patria!', also ‚Wo es mir gut geht, da ist mein Vaterland!'. Um die ambivalente Grenzerproblematik dadurch mal auf die Metaebene zu heben. Oder vielleicht Lukas 23, 34, ‚Vater vergib ihnen, denn sie wissen nicht, was sie tun!' Wird ja auch immer gern genommen."

„Woher weißt du denn so 'n Scheiß?", erkundigte sich Schuko ein bisschen perplex und sah mich spöttisch an.

„Bin als Kind mal 'ne Weile zur Christenlehre gegangen", antwortete ich, „und wer fein was auswendig gelernt hatte und das brav aufsagen konnte, der kriegte vom Pfarrer zur Belohnung immer so schöne bunte Blechetuis. Ganz flache, die waren von seinen Zigarillos. Aus 'm Westen, echt schick. Tja, und deswegen hab ich mich da immer mächtig angestrengt, weil ich die haben wollte. Um meine Buntstifte reinzutun, Filzstifte gabs ja noch nicht."

Ich zuckte mit den Schultern und ergänzte: „Sein Laster des Rauchens brachte mich Gott näher, sozusagen."

Losche lachte wieder los, und Schuko verdrehte die Augen und schüttelte mitleidig lächelnd den Kopf, reichte mir aber gleichzeitig Papier und Bleistift aus seinem offenen Spind.

---

17 *Blickig*, wie auch *bestätigt*, war typischer Grenzerjargon und bedeutete soviel wie *sehr gut, positiv*

„Schreib mir das mal auf", meinte er, „das Lateinische, mit '*patria*' und so", und während ich kritzelte, fügte er noch belustigt hinzu: „Aber sag mal, du hast doch auch 'n kräftiges Ding an der Waffel, oder?"

„Absolut", bestätigte ich trocken, „'ne gepflegte Edelmeise ist hier obligatorisch, oder wie soll man das sonst alles ertragen?"

Und mit dieser Antwort schienen wir alle drei sehr einverstanden zu sein.

Die EK's waren endlich draußen in Ausgang, es war Samstagabend, für ein paar Stunden hatten wir also Ruhe. Oft nutzten wir die Freizeit einfach nur zum Schlafen, denn allein schon durch das hiesige kräftezehrende Schichtsystem, wo auf eine Frühschicht immer eine Spätschicht und dann eine Nachtschicht folgte, war man meistens ziemlich ausgelaugt. Früh-Spät-Nacht, und dann wieder von vorn, ununterbrochen, so lief die Knochenmühle, und manchmal gabs obendrauf noch Grenzalarm. Das hieß alles raus aus den Federn, zack zack, die Nachtruhe fällt bis auf Weiteres aus. Aber so oder so, man fühlte sich eigentlich immer übermüdet. Bloß heute war uns trotzdem nicht nach Schlafen, schließlich wollten wir unser bisschen Freizeit nicht komplett verpennen.

Zu viert saßen wir am Tisch, Kallo, Pinne, Losche von nebenan und ich, blödelten rum und quatschten uns dabei ein bisschen den Frust von der Seele. Nebenbei futterten wir eine Schokolade weg, die Losche spendiert hatte, aus seinem letzten Paket von zu Hause.

„Wir haben hier aber echt noch Glück an der Grenze, was die ganze EK-Scheiße angeht", stellte er nach einer Weile ganz nüchtern fest. „Also verglichen mit dem, was meine Kumpel von der mot. Schützen-Kompanie schreiben, na halleluja, da gehts nämlich deutlich verschärfter zu!"

„Logisch", entgegnete Kallo, „bei unserm Haufen sind wir ja glücklicherweise im ersten Halbjahr unter uns. Nur Frische in der Ausbildung, kein EK weit und breit. Nicht wie woanders, wo da schon mal die meisten Neuen so richtig kaputt gespielt werden. Und wenn du bei uns nach sechs Monaten hierher zur Grenzkompanie kommst, dann geht man in jeder Schicht zu zweit raus an den Kanten, mit scharfer Munition, und man ist aufeinander angewiesen. Da reißen sich beide Seiten wohl besser einigermaßen zusammen."

Kallo zählte ein paar der bei den Muckern[18] üblichen EK-Rituale auf, und auch wir anderen steuerten einiges zu diesem Thema bei, denn jeder von uns hatte Freunde, die derzeit bei irgendwelchen Truppenteilen dienten und mit denen wir uns natürlich auch darüber austauschten. Zugegeben, vieles davon war durchaus witzig, beispielsweise der ganze Kult um das Bandmaß; manche besaßen noch zusätzlich Ketten aus Schlüsselringen für die Wochen oder kreuzten ihre restlichen Tage fein säuberlich auf Lottoscheinen aus, und so weiter. Dahinter steckte insgesamt eine enorme Kreativität und Phantasie, geboren aus Eintönigkeit und Frust des täglichen Dienstes, sozusagen die Kehrseite der allgegenwärtigen Langeweile, und sämtliche Ausdrücke und Begriffe dieser Subkultur würden sicherlich ein stattliches Wörterbuch füllen. Bestimmt gab es auch mindestens so viele launige EK-Bräuche wie offizielle Dienstvorschriften, ja wahrscheinlich sogar noch mehr, doch welches der beiden Regelwerke sich am Ende als absurder und widersinniger erweisen würde, das wäre wohl noch zu klären. Beide schienen sie jedoch hauptsächlich zum Schikanieren der Soldaten ganz unten zu dienen. Ich brauchte bloß an den ersten von meinen verdammten 541 Armeetagen zu denken, damals in der Ausbildung im Erzgebirge. Wie uns der Uffz da grinsend beim Stiefel putzen x-mal in den Reinigungsraum im Kompaniekeller zurück geschickt hatte, von wegen 'nicht sauber' und 'Mangel abstellen' - bis einer von uns dann mitkriegte, dass man unbedingt auch *ein Teilstück der Gummisohle,* nämlich den hochgewölbten Steg unten zwischen Vorderfuß und Hacken, mit Schuhcreme einzufetten hatte. Herrgott, wer dachte sich sowas aus, und wozu? Hirnloser Drill, um den Rekruten das Denken abzugewöhnen?

„Mann, ich möchte auch endlich mal wieder in Ausgang", hörte ich Pinne plötzlich stöhnen, „ und dann so 'ner Zarten begegnen, wie die vom Theater."
Kallo nickte betont verständnisvoll und zeigte ihm gleich danach einen Vogel.
„Aaah", machte Pinne genüsslich und verdrehte vor Verlangen die Augen.
„Einmal, bei uns zu Hause, auf der Disco im Nachbardorf", begann er zu erzählen, „da hatte ich so 'ne heiße Maus am Wickel, draußen schon abgeschleppt in Richtung See. Hinterm Baum, ich sag 's euch! Schön fummeln beim Knutschen, die Verschalung vorne hatte ich bei ihr praktisch schon runter. Herrliche Titten, wo die Brustwarzen so ganz leicht zur Seite weg nach

---

18   Mot. Schützen der NVA

oben schielen, weißt du, und ich wollte ihr gerade an den Muff gehen, die Bockwurst schon kurz vorm Erguss..."

„Ach du Scheiße, Pinne, jetzt geht das wieder los!", fluchte Kallo mit gequältem Grinsen. „Mensch halt lieber dein Maul und hör auf mit deinen Verflossenen, oder willst du etwa, dass wir uns noch gegenseitig an die Wäsche gehen?"

Er tat ein bisschen so, als würde er ihn angrabschen, und beide balgten ein paar Sekunden umher.

Besonders Pinne und Losche waren bekannt dafür, dass sie mit ihren höchstwahrscheinlich sowieso bloß mehr oder minder erfundenen Weibergeschichten andere scharf machten; denn wie in historischen Romanen halbverhungerte, verschmachtende Kerkerinsassen sich gegenseitig Kochrezepte aus besseren Tagen in Erinnerung riefen, so wärmten die beiden jedes Schäferstündchen mit einem willigen Dorfmädchen immer wieder auf und schmückten es mehr und mehr aus, bis es uns schon fast so vorkam, als hätten wir es selbst erlebt. Das konnte einen echt in den Wahnsinn treiben.

Daher beschloss ich, mich lieber mit einem Buch in meiner Koje abzulegen. Auch Kallo machte Anstalten, hoch in sein Bett zu klettern, wo schon Papier und Kugelschreiber bereit lagen. Anscheinend wollte er wieder einen Brief nach Hause schreiben. Er war der Älteste von uns, 25, und hatte bereits Frau und Kind.

Pinne und Losche verzogen sich daraufhin in eine andere Bude, wo hoffentlich mehr los war und man ihre heißen Stories entsprechend zu würdigen wusste.

Ich sah kurz den Stapel Bücher durch, die ich mir noch in der Ausbildungskompanie gekauft hatte, vor ungefähr drei Monaten. An einem Wochenende waren Verkäuferinnen aus der örtlichen Buchhandlung mit einer Riesenladung Kartons und Kisten in die Kaserne gekommen und hatten das ganze Zeug in einem der Räume zum Verkauf ausgebreitet; Bildbände, Romane, Klassiker, darunter wirklich gute Sachen. Doch, in der Hinsicht hatten sie sich Mühe gegeben, uns bei Laune zu halten, das musste man ihnen lassen. Die meisten meiner Neuerwerbungen hatte ich seitdem nun schon ausgelesen, bis auf ein paar Kurzgeschichten von Gustav Meyrink.

Also griff ich mir das Buch, schwang mich damit auf meine Pritsche und las 'Die Schwarze Kugel', eine herrliche Parodie auf die Dummheit und Arroganz der sogenannten Eliten, insbesondere aber der Militärs. Deren intellektuelles Vakuum führte bei Meyrink buchstäblich in Windeseile den Untergang der Welt herbei, und zwar auf eine schlichtweg phantastische Art und Weise, und obwohl das alles schon vor ungefähr achtzig Jahren niedergeschrieben worden war, passte es noch immer wie die Faust aufs Auge.

Gegen zehn machte ich mich bettfertig, aber ich wusste, es würde vermutlich noch hoch hergehen, wenn erst die Gefreiten um Mitternacht vom Ausgang zurückkehrten.

Um Viertel vor zwölf hörte man die ersten drei oder vier schon von weitem grölen, auf dem langen Zufahrtsweg vom Stadtrand zu unserer Kaserne:

Alle Mädchen haben, alle Mädchen haben einen kleinen Schützengraben.

Alle Mädchen haben, alle Mädchen haben einen kleinen Schützengraben.

Oh Susanna, du hast am Arsch `nen Leberfleck, oh Susanna der Leberfleck muss weg!

Alle Jungen haben, alle Jungen haben einen kleinen Zinnsoldaten.

Alle Jungen haben, alle Jungen haben einen kleinen Zinnsoldaten.

Oh Susanna, du hast am Arsch `nen Leberfleck, oh Susanna der Leberfleck muss weg!

Alle Zinnsoldaten, alle Zinnsoldaten müssen in den Schützengraben.

Alle Zinnsoldaten, alle Zinnsoldaten müssen in den Schützengraben.

Oh Susanna, du hast am Arsch `nen Leberfleck, oh Susanna der Leberfleck muss weg!

Ein paar Minuten später waren Schritte auf dem Flur zu hören, jemand schrie lallend, Türen knallten, und es polterte auf dem Klo.

Wahrscheinlich pisst gerade einer daneben, dachte ich, und wir dürfen es morgen saubermachen.

Dann wurde es wieder stiller draußen auf dem Flur. Nur verhaltene Kotzgeräusche drangen zuweilen aus dem Klo, jemand würgte und brabbelte stöhnend vor sich hin.

Eine Episode aus der Ausbildung fiel mir ein. Chaotischer Bataillonsalarm, alle Mann rausfahren und eingraben im Gelände. Der Oberleutnant führte unsere Kompanie, da der KC[19] frei hatte und erst von zu Hause geholt werden

---

19 Kompaniechef

musste. Endlich kam er, stolperte aus dem P3[20], offensichtlich volltrunken. Der Oberleutnant salutierte und setzte an, um Meldung zu machen, aber der Hauptmann winkte jovial ab, knöpfte sich die Hose auf und nuschelte 'Ach Roland, lass das mal' - und pisste ihm beinahe vor die Füße.

Mit eigenen Augen gesehen.

Ich dachte an Meyrink, und an den rülpsenden Gefreiten auf unserem Scheißhaus. Seitdem hatte sich nicht viel verändert.

Sonntags gab es immer Kuchen.

„Noch vierzehn Mal Kuchen, dann können sie uns suchen", hörte man die E's überall in der Kaserne tönen. Oder auch: „Wir brauchen keine Torte, wir wollen nur schnell die Abschiedsworte."

Es war jeden Sonntag dasselbe.

Die E's hatten fast alle einen schweren Schädel vom Ausgang. Sie redeten überwiegend in Anspielungen vom gestrigen Abend und zogen sich gegenseitig auf, und uns natürlich sowieso.

„Bald kommt die goldene Schicht für den E, tja, da kriegt ihr Tagedrücken, hm?", ließ sich Berger mal wieder an uns aus. "In drei Tagen ist der E auf schlappe 99 runter, das heißt zweigleisig. Dann kommt der Schienenwolf, nach uns gibts kein' Heimgang mehr! Ihr müsst für immer bleiben, ewig am Kanten. Arme Schweine."

Berger liebte es, Monologe zu führen; der E macht dies, der E braucht das; und andauernd redete er dabei in der dritten Person von sich selber.

Beim Revierreinigen fiel es Schreini von nebenan zu, das bekotzte Klo sauberzumachen. Pinne und ich waren mit dem langen Flur dran, und Berger ließ uns natürlich nochmal nachputzen, weil es ihm unten an der Scheuerleiste nicht sauber genug war.

Auch Jentsch war schlecht gelaunt, denn seine Flasche Schnaps hatte er gestern Abend nicht wie angekündigt einschmuggeln können; das besagte Null-Siebener-Glasmantelgeschoss lag noch immer undetoniert draußen im Straßengraben, hundert Meter vor dem Kasernentor. Uffz Bartel hatte als UvD die Rückkehrer wider Erwarten nämlich doch scharf gefilzt, wie Jentsch aus der Kaserne heraus warnend vorab mittels Taschenlampe signalisiert worden war.

---

20 Militär-Geländewagen der DDR

Kurz vorm Mittagessen saß ich mit Kallo und Pinne einen Moment lang allein auf der Bude, weil die Gefreiten drüben bei Schuko hockten, um den gestrigen Abend auszuwerten.

Kallo wühlte in seinem Spind, schnitt etwas von der Räucherwurst aus seinem Paket ab und reichte auch Pinne und mir ein Stück.

„Selbstgemacht, von zu Hause, besser geht nicht!", schwärmte er mit verklärtem Lächeln, und anerkennend stimmten wir ihm zu. „Appetithäppchen vorm Mittag, wirklich lecker."

„Also hoffentlich werden wir nicht so behämmert wie Berger, wenn wir mal E sind", meinte er schließlich. „Das ist doch echt alles nicht mehr normal."

„Normal?", sagte ich und lachte kurz auf. „Der ganze Mist hier macht einen doch wahnsinnig. Von außen die verdammte Grenze, der Armeezirkus und die ewige Früh-Spät-Nacht-Scheiße mit der Kaschi[21] auf dem Buckel - und von innen die eigenen Leute, die sich wie die Arschkrücken aufspielen, nur weil sie zufällig ein halbes Jahr früher eingezogen worden sind."

Manche gingen ja regelrecht auf in diesem kindischen EK-Kram, dachte ich, für die wurde es so richtig zum Lebensinhalt, und natürlich traf das vorwiegend auf die eher schlichten Geister zu. Oder eben auf die echten Sadisten. Beim Militär konnten die sich austoben. Und die Vorgesetzten juckte das alles nicht die Bohne, die hielten sich aus alldem fein raus, Hauptsache der Laden lief. An ihr Gequatsche vom Ehrendienst im Waffenrock glaubten sie doch selber nicht.

„Nee, das ist alles wirklich nicht mehr normal", gab ich Kallo recht. „Das ist nicht gesund."

Doch wenn man sich anguckte, wohin die sogenannten Normalen unsere Welt insgesamt schon gebracht hatten, dachte ich, dann war es mit der Normalität ja generell nicht so weit her, und man wünschte sich stattdessen lieber etwas mehr gesunden Menschenverstand als lediglich die üblichen Zeitgenossen, die willig jeglichen Affentanz mitspielten, der ihnen gerade als moderne Norm präsentiert wurde.

„...mit der Aufgabe, Grenzverletzer aufzuspüren, festzunehmen oder zu vernichten - Vergatterung!", kommandierte der Kompaniechef und ließ uns aufsitzen. Die Motoren wurden angelassen, und die Kolonne rollte los.

---

21 MPi Kalaschnikow

Ich war heute zur Spätschicht mit Kretsche eingeteilt, Kontrolle laufen am K-2. Mit wem man rausging, das erfuhr man immer erst kurz vorher. Wahrscheinlich vor allem deshalb, damit gar nicht erst jemand auf die Idee kam, sich insgeheim auf eine gemeinsame Flucht vorzubereiten.

Unterwegs wurde hinten auf der Ladefläche wie üblich ein bisschen rumgeflachst, einige rauchten aber auch bloß stumm und hingen ihren Gedanken nach, oder sie waren einfach nur groggy vom Saufen.

Immerhin schien die Sonne, das machte es leichter.

Kretsche und ich wurden heute als erste vom *LO* abgesetzt, gleich am Tor, bei der Einfahrt in den 'Schutzstreifen'. Diesmal durften wir hinter den anderen den K-2 harken und das Tor wieder schließen, das heißt, das war natürlich meine Aufgabe. Kretsche hatte ein paar Meter weiter lediglich den Hörer in die Buchse vom GMN eingesteckt, stützte sich dort auf den Betonpfahl, die frisch angesteckte Kippe im Mundwinkel, und wartete entspannt ab, bis ich fertig war.

„Spurensicherheit wiederhergestellt", meldete er dann ziemlich maulfaul vernuschelt, was ich allerdings nur verstand, weil ich die Phrase kannte und schon vorher wusste, was er sagen würde.

„Bschdeedicht", hörte ich ihn ein paar Sekunden später grunzen, was wohl 'bestätigt' heißen sollte; wahrscheinlich hatte ihm der Führende sowas wie 'Kontrollgang beginnen!' befohlen.

Wir liefen los, ich voran, er hinterher, immer schön am K-2 entlang, außen am Zaun. Den gesamten Abschnitt 'abhufen', wie es so schön im Grenzerjargon hieß. Einmal war ich die Strecke schon abgelatscht, vor etwa zwei Wochen, mit Schuko. Daher wusste ich, dass wir alles in allem an die zehn Kilometer Fußmarsch vor uns hatten, wobei ich noch zusätzlich die Postentasche mit der Verpflegung schleppen musste. Doch das machte mir nicht viel aus, denn das Wetter war gut und die Gegend ringsum schön. Rechts neben uns hoher Nadelwald und links hinterm Zaun grüne Wiesen auf sanft abfallenden Tälern und geschwungenen Anhöhen, zwischendurch immer mal wieder mit weitem Ausblick in den fernen Westen.

Kretsche war Forstarbeiter von Beruf und an sich bestimmt nicht dumm, aber er hatte offenbar die Luken schon ziemlich dicht gemacht, um es mal ein wenig blumig zu umschreiben. Jedenfalls ließ er sich nicht so leicht in die Karten gucken. EK Mad Dog, der verrückter Hund, so nannte er sich selber, und das deckte sich mit dem, was ich von Losche und auch Kallo gehört hatte, die beide schon mit ihm draußen gewesen waren. Möglicherweise lag es auch am ständigen Schlafmangel, zumindest teilweise, wenn einer hier etwas komisch wurde. Oder es war ganz allgemein der sogenannte Grenzerkoller? Sowas konnte durchaus mal richtig gefährlich werden, nachts im Grenzwald und mit scharfer Munition, in einer brenzligen Situation. Ab und an hörte man nämlich schon mal gerüchteweise, dass jemand aus einer anderen Grenzkompanie auf Wildschweine geballert hätte. Oder dass einer durchdrehte, wenn er von seinem Mädel den berühmten Brief kriegte, der mit *'Du ich muss dir was sagen, ich hab jemanden kennengelernt'* begann.

Allerdings war das bei Kretsche wohl weniger zu befürchten, denn immerhin war er Mitte Zwanzig und verheiratet; wahrscheinlich hatte er einfach nur die Schnauze gestrichen voll von dem ganzen absurden Klimbim am Kanten und ließ deswegen alles ein bisschen schleifen und nahm es nicht mehr so ernst.

Gemächlich trotteten wir vor uns hin, bergan und bergab, den Blick dabei meist nach links auf den alle paar Wochen frisch von der Egge aufgelockerten Sandstreifen gerichtet, zuweilen jedoch auch nach rechts ins Unterholz. Oder manchmal auch in die Ferne, wenn irgendwo kleine Ortschaften auftauchten. Nach ungefähr zwei Kilometern stoppte Kretsche auf einem kleinen Hügel neben einer Betonsäule mit GMN-Anschluss, guckte mit dem Feldstecher einmal gelangweilt in die Runde und stöpselte den Hörer ein. Wie schlaftrunken nuschelte er „achzeen an viannföhtzich", gab dem Führenden einsilbig unsere Position durch und quittierte wieder mit schwerer Zunge „schdeeedicht", so als würde er mit letzter Kraft sprechen, kurz bevor er in Narkose fiel. Es würde mich echt nicht wundern, dachte ich, wenn er beim nächsten Mal bloß noch 'muuh' oder 'bääh' in den Hörer blökte und danach die Gummischlange einfach an der Buchse baumeln ließe. Er schien noch einen ziemlichen Kater von gestern zu haben.

Diesmal zog er das Kabel jedoch noch aus der Buchse, und anschließend suchten wir uns einen gemütlichen Platz im Gras und machten Tee- und Zigarettenpause.

Kretsche war in derselben Ausbildungskompanie wie ich gewesen, in Johanngeorgenstadt, stellte sich heraus, und wir unterhielten uns ein bisschen über die Beklopptesten der dortigen Vorgesetzten und ihre Marotten. Ich berichtete ihm auch von einer meiner größten Ruhmestaten aus jener Zeit, denn als ich einmal zum Küchendienst eingeteilt war und den Lkw mit der Fressalienlieferung für die Offiziere abladen sollte, da hatte ich blitzschnell drei lange Würstchen-Ketten aus einer der offenen Fleischerkisten in den hohen Schnee draußen fallen lassen, natürlich nur, um sie später im Dunkeln wieder auszubuddeln und damit auf unserer Bude ein opulentes Festmahl zu veranstalten.

Kretsche grinste, ihm schien das zu gefallen. Allmählich taute er doch noch ein bisschen auf und wurde beinahe gesprächig. So beschrieb er mir, an welchen Stellen die alten Tretminen gerade gegen die neuen Selbstschuss-Hängeminen ausgetauscht wurden und wie das vonstatten ging.

„Die hängen sie alle auf unserer Seite ein, die sind freundwärts gerichtet, nur gegen die eigenen Leute", meinte er, „da fliegt nicht ein einziger Stahlwürfel nach 'm Westen, wenn die auslösen. Von wegen 'militärischer Schutz der Staatsgrenze gegen einen imperialistischen Angriff', Quatsch mit Soße, da kann der Polit[22] labern, was er will."

Nebenbei erwähnte er noch, dass der Stacheldraht vorn am GSZ angeblich aus Schweden stammen sollte, auch wenn das freilich niemand mit hundertprozentiger Gewissheit sagen konnte. Aber das war ja geradezu typisch, denn vieles, was diese Grenze betraf, stand nun mal weder in der Zeitung noch konnte man es anderweitig überprüfen. Es kursierten reichlich Gerüchte über alles Mögliche, so wie früher alte Sagen. Beispielsweise sollte es wunderschöne farbige Glasmurmeln oder Keramikkugeln mit eingebrannten historischen Wappen geben, die hier im 'Schutzstreifen' angeblich unter irgendwelchen halbvermoderten Grenzsteinen der ehemaligen Herzogtümer Sachsen-Meiningen und Sachsen-Coburg oder sonstwelcher Fürstentümer aus dem 17. Jahrhundert lagen. Wäre das nicht das ultimative Mitbringsel aus dieser Region, überlegte ich, ein würdiges Andenken, das unsereins wenigstens ein bisschen für all diese vergeudeten Tage entschädigen könnte? Bloß wo ließe sich denn überhaupt erst einmal so einen Grenzstein finden? Als ich Kretsche darauf ansprach, zuckte er lediglich mit den Schultern. Vielleicht um den Straufhain rum, meinte er, bei der Burgruine, da gäbe es viele alte Fundamente, und die Wildschweine würden

---

22 Politoffizier, der regelmäßige politische Pflicht-'Schulungen' in der Grenzkompanie durchführte

dort in der Nähe regelmäßig den Boden umpflügen und dabei so manches an die Oberfläche befördern.

Er erzählte mir noch, dass ein paar Bonzen manchmal in abgelegenen Ecken des Grenzwaldes auf Jagd gingen und im Dezember die schönsten Blaufichten und Douglasien als Weihnachtsbäume aus dem Abschnitt rausschleppen würden.

„Ist doch praktisch alles unbewirtschaftet, was hinterm ersten Zaun liegt", meinte er, als wir zusammenpackten und uns erhoben, um weiter zu marschieren. „Tausende Hektar Naturparadies, Fauna und Flora seit Jahrzehnten fast unberührt, nur sich selbst überlassen. Ab und an wird 'n Trecker mit 'ner Egge reingelassen, um dem K-6 vorne schön gleichmäßig aufzulockern, aber viel mehr passiert da drin doch nicht. Was meinst du, was es da alles gibt, an Wild, an Vögeln und Nestern, an Pflanzen. Wo findest du sonst noch Walderdbeeren, in freier Natur? Hier hab ich schon welche gefuttert."

Wir schlurften wieder los, und nach gut einem Kilometer kamen wir an den Hunden vorbei, die innen im Grenzstreifen, aber noch gut in Sichtweite hinter dem Zaun, an langen Stahlseilen hin und her liefen. Das heißt, eigentlich lagen sie nur vor ihren Hütten, zumindest im Moment. Doch selbst wenn sie nicht blutrünstig tobten und auch nur selten bellten, so schreckten sie wahrscheinlich trotzdem jeden sich Nähernden ab und sorgten dafür, dass der den Durchbruch lieber woanders probierte - und genau das war beabsichtigt, weil derjenige nämlich dann in die besser gesicherten Bereiche hinein lief.

„Mit den Trassenhunden haben wir nichts zu tun", erläuterte Kretsche, was mir beim letzten Mal auch Schuko bereits erklärt hatte. „Die armen Viecher werden von so 'ner extra Truppe gefüttert, andere würden die wahrscheinlich sowieso nicht in ihre Nähe lassen, vermute ich mal."

Er blickte eine Weile durchs Fernglas zu ihnen rüber.

„Traurige Kreaturen", murmelte er halblaut vor sich hin und richtete den Feldstecher dann auf den etwa einen halben Kilometer entfernten Beobachtungsturm.

„Hetschbach", sagte ich, „da ist heute Olli mit Losche drauf."

„Na du weißt ja Bescheid", grinste Kretsche, steckte sich eine Zigarette an und überließ es diesmal mir, den Hörer an der hiesigen GMN-Säule einzustöpseln und unsere Position an die Führungsstelle durchzugeben.

„Sag mal stimmt das mit der Hetschbach-Heidi?", wollte ich von ihm wissen, denn der Turm stand mitten im Dorf, dicht zwischen den Wohnhäusern, und angeblich konnte man da gelegentlich ein junges Mädchen sehen, das sich abends am Fenster im Nachthemd kämmte oder so. Zumindest heizte Losche mit Berichten über solche Beobachtungen unsere Phantasie an, und so gut wie alle Grenzer träumten von ihr.

„Ach der mit seinen utopischen Weibergeschichten, der und Pinne", winkte Kretsche mit müdem Grinsen ab, „das kannst du vergessen. Wahrscheinlich hatte er 'ne Vision von der heiligen Jungfrau Maria."

Ich wollte ihm noch ein paar Sätze mehr zum Thema Frauen entlocken und erzählte ihm deshalb zunächst ein wenig aus meiner Sicht dazu, aber er zuckte bloß mit den Schultern, und schweigend setzten wir uns wieder in Bewegung. Man hatte wahrlich viel Zeit zum Grübeln und Nachdenken in diesen langen Schichten. Mir fiel ein, wie mir ein Gefreiter neulich erzählt hatte, dass irgendwo nördlich vom Harz zwei Mann tatsächlich abgehauen sein sollten, also schon komplett die letzte Sperre überstiegen, wie auch immer bewerkstelligt – aber weil die Grenze da teilweise in scharfen Biegungen und im Zickzack verlief, wären sie im Morgennebel unwissentlich über den nächsten Zaun *wieder zurück* in den Osten geklettert und dort festgenommen worden. Ich fragte mich, ob sowas wirklich stimmen konnte, und wenn ja, wie sehr würde man sich wohl in den Arsch beißen, wenn man davon erfuhr?

Oder die Geschichte vom EK, der alles gut überstanden hatte und dann beim Heimgang besoffen auf der falscher Seite vom D-Zug ausgestiegen und prompt überrollt worden war, im Bahnhof seiner Heimatstadt – war das tatsächlich jemals so passiert, oder lediglich eine alle sechs Monate aufs Neue der Phantasie entsprungene Horrorstory? Die Leute redeten bekanntlich viel, wenn der Tag lang war, und es waren verdammt lange Tage hier am Kanten. Daher wurde auch dermaßen viel Blödsinn in Umlauf gebracht, so dass man durchaus öfter mal das Bedürfnis hatte, sich für eine Weile die Ohren zuzuhalten. So gab es die Mär vom zur Flucht entschlossenen Gefreiten, der seinen vor ihm laufenden Posten entwaffnet hätte, um ihn zu schonen, und dann mit beiden Knarren in Richtung Westen losmarschiert wäre - doch der skrupellose Soldat hätte ihm mit einem der Handleuchtzeichen, die er am Gürtel trug, ein Loch in den Rücken gebrannt. Also Flucht verhindert mittels Tod durch Ein-Stern-Rot? Völliger Quatsch in meinen Augen, ich glaubte das nie und nimmer. Die Dinger waren doch höchstens bessere Silvesterraketen, mehr aber auch nicht.

Freilich konnte es einen hier sehr wohl erwischen, ob nun so wie die beiden am Postenpunkt 103 damals oder irgendwann jetzt, jederzeit, wenn der gefürchtete Grenzverletzer plötzlich durchbrach und einen entweder brachial aus dem Weg räumen wollte oder einfach bloß in den Knast nach Schwedt brachte. Hier lauerte der ominöse Lupo tatsächlich hinter jeder Ecke, das musste man immer im Hinterkopf behalten.

„Warte mal", brummte Kretsche, „fünfzehn", was eine fünfzehnminütige Pause bedeutete, und zeigte auf eine große Buche am Wegesrand. Bevor wir uns dort in den Schatten setzten, warf er noch einen prüfenden Blick auf die Rinde an der dem Wald zugewandten Rückseite. Sein EK MAD DOG war klar und deutlich lesbar eingraviert, auch EK SCHUKO und ein paar andere hatten sich hier verewigt.

Kretsche steckte den Hörer in die nur wenige Schritte von der Buche entfernte GMN-Säule, sagte das übliche Sprüchlein auf und setzte sich danach zu mir. Ich reichte ihm seine Thermosflasche, und wir schlürften unseren Tee, wickelten unsere Brote aus und hingen unseren Gedanken nach.

„Das GSZ-Feld hier ist verdammt wacklig, die 145", ließ Kretsche mich beiläufig wissen, der Zaun würde öfter mal grundlos an dieser Stelle auslösen, besonders bei Regen. Dann flog man für zwei Stunden oder so mit der Alarmgruppe raus, für nichts und wieder nichts, nur weil die Drähte oben an den Isolatoren oder irgend so ein blöder Kontakt im Schaltschrank zu empfindlich eingestellt waren. Wir hätten zwar eben per GMN nochmal den Auftrag gekriegt, hier besonders gründlich nicht nur den Spurenstreifen, sondern auch die Drähte am Zaun zu kontrollieren, aber da gäbe es sowieso nichts weiter zu entdecken. Die Technik wäre öfters halt einfach nur scheiße.

Schweigsam kauten wir unsere Brote, während die Vögel ringsum zwitscherten, Schmetterlinge zwischen den Kräutern neben uns flatterten und

Hummeln träge summend die vielen bunten Blüten umschwirrten. Eine fast perfekte Idylle, wenn nur der Stacheldraht und die Minen nicht wären.

„Beim letzten Mal mit Schuko haben wir hier ebenfalls Rast gemacht", erwähnte ich, als ich mir neuen Tee nachgoss. „Der war ja auch in Johannstadt zur Ausbildung."

„Stimmt", nickte Kretsche, verdrückte seinen letzten Bissen und spülte mit einem Schluck Tee nach. „Der hat da schon aufgemuckt. Hat mit den Uffzen wild gestritten, dass Gasmaske und Vollschutzmantel überhaupt nicht gegen Gammastrahlung schützen und so."

„Tun sie ja auch nicht", bestätigte ich, „man soll dadurch bloß keinen radioaktiven Staub einatmen, der dann endlos von innen her weiter strahlt. Aber die Gammadosis von außen, die hat man so oder so abgekriegt, ob nun mit oder ohne Volltrottelmantel."

„Ja klar", nickte Kretsche und steckte sich eine Zigarette an, „bloß das will doch keiner hören. Der Soldat kämpft heldenhaft weiter, lautet die offizielle Parole, und mit Vollgummi-Ganzkörperkondom passiert dir nichts. Schuko ist naiv, total naiv."

Er hätte auch viel zu viel nachgefragt wegen der Anweisung, einen angeschossenen Grenzverletzer oder ein Minenopfer 'möglichst so zu verbringen, dass die betreffende Person von feindwärts nicht mehr eingesehen werden kann', also hinter den Turm zu zerren, oder hinter einen Hügel, oder in einen Graben, meinte Kretsche. Ein Offizier hätte sogar gesagt, beim Einsatz der Bergungsbrücke in der Minensperre müssten zuerst Nebeltöpfe Richtung feindwärts gezündet werden.

„Ja das ist doch auch scheiße", stimmte ich zu, denn uns war natürlich dasselbe erzählt worden. „Ich meine, wenn es hier Tote gibt und die von drüben davon Fotos machen und das in den Nachrichten bringen wollen, dann müsste doch unsere Regierung souverän dazu stehen. Müsste sagen: ja, das ist bedauerlich, jedoch aus den und den Gründen halten wir das für richtig. Aber so machen wir kleinen Grenzschweine insgeheim die Drecksarbeit, und von oben wird offiziell alles geleugnet."

„Bloß genau so läuft das Spiel", erwiderte Kretsche schulterzuckend. „Kannst dir deinen Teil denken, aber halt besser dein Maul."

Wir steckten die Thermosflaschen wieder in die Postentasche und machten uns marschfertig.

„Guck dir doch Schuko an", fügte Kretsche noch hinzu, als wir standen. „Der schrubbt seitdem fast nur noch Objektwache, steht nur noch am Schlagbaum vor der Kaserne. Den lassen die gar nicht mehr rein in den Grenzabschnitt, und wenn, dann höchstens außen vorm ersten Zaun, Kontrolle latschen. So wie ich meistens, bloß mir ist das egal. Aber der kann sein Studium vergessen, das ist futsch."

Ich nickte nur stumm, denn es war hinlänglich bekannt, dass die meisten Jungs nach dem Abitur gleich für drei Jahre zur Armee gingen, sich 'freiwillig verpflichteten', als Uffz, weil sie sonst gar keinen Studienplatz kriegten. Wer hingegen nur Grundwehrdienst absolvierte und anschließend trotzdem studieren durfte, der musste schon ordentlich was auf dem Kasten haben, oder anderweitig sehr gute Karten, zum Beispiel Beziehungen. Ansonsten konnte er seine Berufswünsche in den Wind schreiben und musste sich mit dem begnügen, was man ihm übrig ließ.

Wir liefen unsere Strecke weiter ab, Kilometer um Kilometer, ohne dass uns unterwegs dienstlich gesehen etwas Nennenswertes auffiel. Keine besonderen Vorkommnisse, glücklicherweise. Ich staunte bloß mal wieder über die reichhaltige Vogelwelt hier, von Tannenhäher über Specht bis sogar zu einem Wanderfalken, den Kretsche hoch über uns ausmachte, und der kannte sich damit garantiert besser aus als ich.

„Was denkst du, wie oft kommt das in echt überhaupt vor, dass hier wirklich auf Mann geschossen wird?", fragte ich Kretsche einfach frei heraus. „Die meisten werden doch sowieso schon im Hinterland aufgegriffen, durch Trapo[23] und GAkl und wer da noch so alles rumschleicht. Die schaffen es gar nicht erst bis zum GSZ. Und wenn du hier wirklich einen festnimmst, gehts ja in der Regel wohl auch, ohne zu ballern. Oder höchstens in die Luft, da bleiben die doch stehen."

„Keine Ahnung", antwortete Kretsche und zuckte die Schultern. „Mit Danebenschießen kommst du dann jedenfalls nicht mehr durch, im Ernstfall, der Zug ist abgefahren. Da hättest du früher anfangen müssen, schon in der Ausbildung. Von Anfang an, bei jeder Schießübung, immer nur konsequent neben die Zielscheibe rotzen. So 'ne Art Soldat Schwejk, einfach zu allem zu blöd. Bloß hast du damals getroffen, musst du heute auch treffen, so simpel ist das."

---

23 Transportpolizei, kontrollierte die in Richtung Grenzgebiet fahrenden Züge

Er brummte undefinierbar vor sich hin und schüttelte den Kopf.

Tja, dachte ich, aber wer da den Kompanietrottel spielen wollte, dem machten sie auch später das Leben nicht unbedingt leichter, nach der Entlassung. Denn das blieb garantiert noch lange in den Akten.

„Überleg mal, wir sind hier jeder draußen mit zwei Magazinen a 30 Schuss", fing Kretsche noch einmal an, „60 Mumpeln, und alle daneben geballert, aus hundert Meter Entfernung? Oder zweihundert? Das nimmt dir kein Mensch ab, im Leben nicht! Das heißt Militärknast, ab nach Schwedt. Glaub mir, da kommt selbst 'n dicker Oberst hierher und kriecht höchstpersönlich die Röhre hoch auf 'n Turm, guckt aufs Gelände und dann auf deine früheren Schießergebnisse. *'Den hätten Sie aber stoppen müssen, Genosse Soldat, todsicher, oder was war da los?',* und schon ist Ende der Diskussion, und ab gehts hinter Gitter!"

Das stimmte wahrscheinlich, überlegte ich, ja da hätte man wohl schon viel früher was unternehmen müssen. Gleich damals bei der Musterung sagen, dass man nicht zur Grenze wollte. Bloß das hätte auf jeden Fall Ärger gegeben, viel Ärger - und was wären am Ende die Konsequenzen gewesen? Jedenfalls, wenn man erst hier am Kanten war, dann war es eigentlich schon fast zu spät.

„Gustav Siegfried Zeppelin Otto Anton Gustav Viktor", meldete Kretsche schließlich über das GMN, als wir am letzten Punkt unseres Abschnitts angelangt waren. Die Standardformel für den erfolgten Abschluss unserer Kontrolle: *'Grenzsignalzaun ohne Anzeichen Grenzverletzung'.*

Etwa die Hälfte unserer Schicht hatten wir damit hinter uns. Als nächstes sollten wir nun rein in den 'Schutzstreifen' und zum K-6 vorlaufen, um dort als zusätzlicher Sicherungsposten zu dienen.

Wir trabten das Stück zurück bis zum nächsten Tor, passierten es entsprechend dem üblichen Prozedere, und bewegten uns in Richtung K-6 nach vorn. Die Gegend war dicht bewaldet hier, eine der entlegensten Stellen im Abschnitt.

„Ich zeig dir mal was, aber quatsch es nicht rum", raunte Kretsche und deutete auf einen alten überwucherten Trampelpfad, der nach rechts in die Tannen führte. Ich bog also ab und folgte dem geheimnisvollen Weg, und nach wenigen Minuten gelangten wir zu einer Lichtung, die zum größten Teil mit Gestrüpp zugewachsen war.

Mit Himbeersträuchern, an denen massenhaft reife Himbeeren hingen.

„Waoh", staunte ich, aber Kretsche hatte bereits angefangen zu futtern, und ich tat es ihm nach. Wir stopften uns nur die besten, ganz reifen Früchte in den Mund. Es war mehr als genug da.

„Gibts auch unten bei der 144", erläuterte Kretsche mit vollem Mund, und genüsslich labten wir uns vielleicht eine Viertelstunde lang.

Mir war zwar klar, dass das eigentlich nicht mehr so ganz zu unserem Postenbereich gehörte, aber hier hinten kriegte das sowieso niemand mit, und falls die Führungsstelle sich über unsere lange Marschdauer zum K-6 wundern sollte, konnte man immer noch was von einem seltsamen Knacken im Unterholz erzählen, das man unterwegs erstmal in Ruhe hatte aufklären müssen.

Schließlich gelangten wir zum K-6 und meldeten uns an der GMN-Säule an. Der Führende war anscheinend recht beschäftigt und wies uns bloß kurz an, zwischen unserem jetzigen Standort und dem Erlengrund, einer etwa einen Kilometer entfernten Senke, vorn auf dem Kolonnenweg zu patrouillieren.

Also gingen wir auf dem betonierten Fahrweg im Schlenderschritt gelangweilter Wachposten wie befohlen unsere Strecke immer hin und her, rauf und runter, und Kretsche paffte dabei eine Kippe nach der nächsten. Nebenbei schnitt er mit einer Nagelschere den Tag von seinem Bandmaß ab.

Am Waldrand gab es reichlich frische Wildschweinspuren zu sehen, und auch auf dem K-6 waren merkwürdige Muster im Sand zu erkennen, so als hätte man den Spurenstreifen auf zehn Meter Breite gerade erst frisch wie ein Gärtnerei-Musterbeet akribisch mit der Harke bearbeitet. Genau vor einem der sehr seltenen Tore im letzten Zaun.

Ich hatte bisher nur vage davon gehört, dass zuweilen sogenannte Schleusungen an der Grenze durchgeführt wurden. Irgendwelche geheimen Stasi-Aktionen, bei Nacht und Nebel, Agenten von West nach Ost und umgekehrt.

„Die sind hier frisch durch das Tor durch, oder?", fragte ich Kretsche.

„Hier vorne heißt das 'Gasse', wegen der Minen", grinste er. „Auf das Stück freie Strecke dahinter kommt es nämlich an, nicht auf das Tor davor. Aber ja, hier sind die Genossen gassi gegangen."

„Kommt das oft vor?", wollte ich wissen.

Er warf mir einen merkwürdigen Blick zu.

„Du bist auch so 'n Kandidat, der immer zu viel fragt, hm?", erwiderte er belustigt. Viel wusste er darüber allerdings auch nicht, gab er zu. Aber hier hinten in dieser Gegend, so abgelegen und durch Waldgebiete beiderseits der Grenze vor neugierigen Blicken geschützt, da passierte das anscheinend alle paar Wochen. Jedoch waren dann nirgendwo regulären Grenzer in der Nähe dieser Stellen eingesetzt, denn solche Aktionen regelte die Stasi - oder wer auch immer - komplett selber. Wir sahen davon hinterher höchstens den sauber geharkten K-6, wenn überhaupt.

Schmittis *LO* schwankte beim Näherkommen wie ein Kamel in der Wüste, als er sich auf den hier an einigen Stellen etwas uneben verlegten Betonplatten des Kolonnenweges die kleine Anhöhe hochquälte. Neben Schmitti saß heute Uffz Bartel im Fahrerhaus.

„Der Arsch", brummte Kretsche, und auf meinen fragenden Blick hin fügte er hinzu: „Hat Krüger wegen gestern Abend beim KC angeschissen, als UvD. Zwei Wochen Ausgangsverbot, und für Seimers 'ne Dienstverrichtung außer der Reihe."

Krüger war der besoffene Gefreite, der gestern Nacht gereihert hatte, soviel war heute Vormittag auch bis zu mir schon durchgesickert.

Der *LO* stoppte neben uns, und wir stiegen hinten auf. Wir waren die Letzten, die er einsammelte, alle anderen hockten schon auf der Ladefläche. Manche qualmten, andere unterhielten sich oder dösten vor sich hin. Losche beschrieb mal wieder in aller Ausführlichkeit das von ihm erneut gesichtete Hetschbach-Heidi-Phantom, das sich diesmal lächelnd und mit weit aufgeknöpfter Bluse minutenlang aus dem Fenster gebeugt hätte, um die Scheiben jener sagenhaften Jungfernkammer auch von außen blitzblank zu putzen. Und die heißen Höschen auf der Wäscheleine, aber hallo!

Olli grinste bloß die ganze Zeit über und verdrehte die Augen.

Heute wartete kein diensteifriger Lummi an einem bereits komfortabel geöffneten Tor auf uns, sondern wir mussten bei der Ausfahrt aus dem ‚Granzwulld' alles mühsam gemäß dem vorgeschriebenen Protokoll selber erledigen, was uns mindestens fünf Minuten kostete.

Aber Schmitti war ein blickiger Fahrer und gab kräftig Gas, als wir erstmal die asphaltierte Dorfstraße erreicht hatten. Auf nach Steudach, schnell in unsere Unterkunft, in unseren Stall!

Unser Rückweg führte uns durch eine Ortschaft, in der die sogenannte ‚Heimi-Eule' stand, die in Wirklichkeit jedoch wohl eher ein bereits etwas verwitterter, steinerner Adler auf einem alten Weltkriegs-Denkmal war. Aber egal, die EK's hatten also auch dieses Monument mit einer ihnen genehmeren Bedeutung aufgeladen.

„Heute einen einrühren?", hörte ich Seimers von hinten fragen, worauf zunächst mehr oder minder zustimmendes Geraune der Gefreiten folgte, was schließlich kurz darauf durch entschlossenes Nicken und zustimmende Ausrufe bekräftigt wurde.

Das 'Einrühren' war ein gemeinschaftliches Ritual, das Gefreiten insbesondere dazu diente, ihre Freude über den baldigen Heimgang auszudrücken, aber auch - zusammen mit Soldaten - dazu benutzt wurde, um Vorgesetzten gegenüber Unmut und Missbilligung anzuzeigen.

Und offenbar waren etliche Gefreite ganz schön sauer auf Uffz Bartel, der vorn im LO saß.

So machten wir uns also alle hinten auf der Ladefläche bereit, als wir uns der 'Heimi-Eule' näherten, und griffen unsere Knarren fester. Auf Kommando rasselten wir dann alle zunächst ungefähr zehn Sekunden lang mit dem Verschluss, so als wollten wir die leere MPi durchladen, immer schnell vor und zurück, und schließlich droschen alle Mann gleichzeitig und so kräftig es nur ging mit dem Gewehrkolben auf den Fahrzeugboden, genau elf Mal, im Rhythmus 1-1-3-4-2. Du lieber Himmel, wie das schepperte! Es hörte sich an, als würde der Lkw gleich in tausend Stücke zerbersten.

Meistens stoppte der LO sofort danach und der Vorgesetzte brüllte uns nach Strich und Faden zusammen, und je nachdem, ob es der Leutnant oder der Feldwebel war, durften wir dazu auch gleich noch absitzen und zack-zack antreten, um das Gewitter strammstehend über uns ergehen zu lassen. Doch heute geschah nichts dergleichen, Uffz Bartel rührte sich nicht, und der LO rollte weiter, als wäre nichts geschehen.

Später in der Kaserne sahen wir zu, dass wir zügig ins Bett kamen, denn es war schon spät, und erfahrungsgemäß brauchte man jede Stunde Schlaf.

Berger hatte freilich noch immer eine Stinklaune, die sich erst recht nicht dadurch besserte, dass er nun zur A-Gruppe[24] eingeteilt worden war.

Beim Revierreinigen hatte er sich wieder aufgespielt und uns aus reiner Bosheit getrietzt, so dass wir die Treppe und das Klo nochmal nachputzen mussten. Auch die Thermosflaschen war natürlich nicht zu seiner Zufriedenheit gespült worden, also *Mangel abstellen, hopp hopp'*, alles zum zweiten Mal säubern. Aber immerhin lief dann später im Radio eins seiner Lieblingslieder, das mit dem vertrackten 'nässt der Regen', was ihn allmählich zu besänftigen schien.

Als ich gerade von der Toilette kam, stand Losche mit Schreini auf dem Flur, und ich schnappte bloß etwas auf wie: ‚Die hatte kaum 'ne Handvoll, war aber scharf wie sonstwas!'.

„Kaum 'ne Hand voll, oder kaum 'ne Hand leer?", rief ich übermütig und lachte, und genau in dem Moment sah ich Berger in der Tür stehen. Und ich konnte mir denken, was kommen würde, denn 'kaum' gehörte zu den nur den EK's vorbehaltenen Wörtern.

„Kaum, dass du kaum sagst!", rief er erbost, „hast du die Scheiße?"

„Ach komm", fing ich an, „das war doch..."

„Willst du zucken?", schnauzte er, drehte sich das Käppi auf dem Kopf quer und kommandierte: „Vergatterung!"

Es mochte ein wenig albern wirken, wie eine lächerliche Napoleon-Parodie, aber das war nun mal das übliche Ritual, kraft dessen ich soeben zur Beschaffung eines großen Pakets Kaffee für unsere Bude verdonnert worden war. Fünfhundert Gramm zu acht fünfundsiebzig, Marke Rondo Röstfein. Diskussion zwecklos, ich hatte es anfangs mal probiert. Nach der Nachtschicht war dann der GvD[25] an meinem Bett erschienen und hatte mich zum erneuten Knarreputzen nach unten beordert, in den Waffenwartungsraum; natürlich nicht im Schlafanzug, sondern komplett angezogen in Schwarzkombi. Alles korrekt nach Vorschrift. Als ich die Waffe

---

24 Alarmgruppe, musste bei Grenzalarm als erste Verstärkung in den Abschnitt ausrücken, was häufiger vorkam; manchmal wurde dafür sogar vorsorglich die Übernachtung als Reserveeinheit direkt im Bunker des Führungsturmes draußen angeordnet; die Einteilung zur A-Gruppe galt bis zur nächsten Schicht

25 Gefreiter vom Dienst, der tageweise zur Objektwache eingeteilt ist und dann nicht mit zur Grenzschicht rausfährt

nach dem viertelstündigen Putzen abgeben wollte, hatte er jedoch leider gerade wichtigen Bürokram zu erledigen oder musste einen Kontrollrundgang machen, so dass ich die MPi erstmal im Wachraum ablegen sollte. Tja, und als er sie dann später in die Waffenkammer bringen und wegschließen wollte, da stellte er doch fest, dass da noch... So ging das dreimal, immer schön gemächlich mit großzügigen Pausen, um ja sicherzustellen, dass man garantiert auch eingeschlafen war, wenn das nächste Wecken erfolgte. Also wieder anziehen, rumstehen und warten, putzen, rumstehen und warten, ausziehen – und nochmal von vorn. Die saßen immer am längeren Hebel, Schlafentzug machte jeden mürbe, und sie verfügten auch noch über andere Mittel und Wege.

Ich würde also demnächst für acht Mark fünfundsiebzig Kaffee kaufen, nur wegen dieses einen Wortes, oder vielmehr wegen dieser idiotischen Sitten. Oder eben wegen Berger, eigentlich. Aber sich darüber aufzuregen, das lohnte in diesem Falle wohl *kaum*.

Eine Viertelstunde später lagen die Gefreiten in ihren Betten, und auch Kallo, Pinne und ich zogen uns endlich Schlafsachen an. Langsam kehrte Ruhe in der Hütte ein. Jetzt nur noch schnell Zähne putzen und danach gepflegt in der Mulde abruhen, mehr wollte ich ja gar nicht.

„Schön drauf achten, dass das Pflaster nicht abgeht, sonst gibts Vergatterung", drohte Berger halblaut mit ironischer Freundlichkeit aus seiner Koje, als Pinne seine hellblaue Waschtasche aus dem Spind hervor holte. Denn diese trug zwar das obligatorische Pflaster 'GRÜN', es begann sich jedoch bereits an den Rändern zu lösen.

„Der E sieht und hört alles, nicht vergessen!", warnte er mit falschem Lächeln und guckte dabei aus der Wäsche wie der als Großmutter verkleidete böse Wolf beim armen Rotkäppchen.

„Ein echter Grenzer schläft nie, er ruht nur manchmal", schob er dann noch nach, grinste selbstzufrieden und drehte sich auf die andere Seite.

Auch so ein markiger, jedoch von der Wahrheit meilenweit entfernter Spruch, dachte ich bloß angewidert. Erzähl das mal den beiden vom Postenpunkt 103. Wir gingen in den Waschraum rüber und betrieben noch schnell unser bisschen Körperpflege, und kurz darauf kletterten auch wir in unsere Betten. Draußen hatte es inzwischen zu regnen begonnen, Windböen klatschten die

Tropfen gegen die Fensterscheiben. Aber wir waren ja drinnen, diesmal zumindest.

Wieder ein Tag überstanden, seufzte ich innerlich, und zog mir die Decke über den Kopf. Gute Nacht!

„A-Gruppe Grenzalarm!", hörte man den GvD unten aus dem Wachzimmer brüllen, noch wie aus weiter Ferne, und dann erneut auf der Treppe, beim Hochrennen, diesmal schon näher, und schließlich erschallte es auf unserem Flur: „A-Gruppe Grenzalarm!"

Fluchend sprang Berger aus dem Bett und zog sich an, jetzt musste es schnell gehen. Hauptsache man saß erstmal hinten auf dem Lkw, zuknöpfen konnte man die Uniform auch unterwegs.

'Geschieht dir ganz recht, du Idiot', grinste ich insgeheim ein bisschen schadenfroh und drehte mich wohlig auf die andere Seite, als er die Tür hinter sich zuklatschte und losrannte.

'Vergatterung, raus aus dem warmen Nest!', phantasierte ich schlaftrunken. 'Von wegen nesterregend! Nein, nässt der Regen, ach auch dein Gefieder, du komischer Vogel. Warte nur, gleich wirst du nass, du Bettnässer. Nässt der Regen, ja so heißt das, hast du 's endlich kapiert? Nana na na, nanana na na...'

Montagmorgen, es war mal wieder Komplekte-Tag. Das hieß alles nur aus Büchsen, denn die Notreserven mussten ab und an aufgebraucht und durch neue ersetzt werden. Also Dosenbrot zum Frühstück, mit Leberwurst, Rotwurst und Chester-Käse, der wahlweise Dichtmasse oder Panzerkettenfett genannt wurde. Die besseren Büchsen mit Jagdwurst und Schmalzfleisch würden draußen angeblich schon mal heimlich an einem kleinen Campingfeuerchen zu einer Delikatesse angebraten, so hieß es, aber vielleicht war das auch nur eine Legende. In der Ausbildung hatten wir das zwar tatsächlich zweimal gemacht, beim Manöver, aber nicht hier am Kanten.

„Wenigstens keine Grenzerwurst", meinte Melli und schmierte sich am Nachbartisch sein Atombrot-Sandwich. 'Grenzerwurst' war die abschätzige Bezeichnung für die üblichen Wurstscheiben auf den Tellern, die angeblich bereits oftmals durch das ständige Wiederauftischen vom Vortag einen grünen Rand aufweisen sollten, eben so grün wie die Umrandung der Grenzer-Schulterstücke. Doch das stimmte eigentlich nicht.

„Schöne Scheiße gestern", stöhnte Melli zwischen zwei Bissen, „wieder das verdammte GSZ-Feld 145. Anderthalb Stunden draußen, wegen nichts."

Er hatte auch zu der A-Gruppe gehört, die kurz nach Mitternacht rausgeflogen war, und das mit dem vom Regen ausgelösten GSZ-Feld wussten wir schon von Berger.

Immerhin waren sie innerhalb der Normzeit losgefahren, so war zu hören, denn wenn das nicht klappte, wurde es gnadenlos trainiert, und zwar so lange, bis es klappte. Und darauf war keiner von uns scharf.

Schuko hatte mir vor einer Weile erzählt, wie er im Winter beim x-ten Probealarm einmal seine Stiefel ohne Socken angezogen hatte, Hauptsache schnell-schnell, weil er dachte, unten stünde sowieso bloß wieder der Alte mit der Stoppuhr in der Hand, und nach kurzer Auswertung würde der alle gleich zurück nach oben in die warme Bude schicken. Aber stattdessen hätten sie ausrücken und vier Stunden lang draußen am Kolonnenweg in der Kälte liegen müssen, wobei ihm seine Füße in den Stiefeln fast zu Eisklumpen gefroren wären. Seitdem wüsste er warme Socken zu schätzen, hatte er mir versichert, und das nahm ich ihm ohne Weiteres ab.

Die E's am Nachbartisch palaverten noch angeregt über diverse GSZ-Felder, die öfter mal Ärger machten, und von denen schien es so einige zu geben. Eigentlich fand ich das Thema ganz interessant, doch ich stand auf, denn ich musste mich beeilen, weil ich heute beim Revierreinigen zusammen mit Schreini für den Waschraum eingeteilt war.

Als ich oben ankam, war Schreini schon vor mir zugange; er putzte die Becken und Spiegel, also schrubbte ich den Fußboden. Da keiner weiter in der Nähe war, konnten wir uns dabei mal wieder ungestört unterhalten. Zuerst über die idiotischsten EK's, wobei Lummi, der mit Schreini auf einer Bude lag, zu den Favoriten zählte. Letztens hatte er es geschafft, mit seiner *Esi* in den Straßengraben zu schliddern, glücklicherweise ohne Sozius, und ihm war auch nichts passiert, erfuhr ich. ,Die Esi hat nicht mehr gelenkt!', hätte er hinterher bloß immerzu gestammelt, 'die Esi hat nicht mehr gelenkt', was sich unter den Gefreiten nun allmählich zum geflügelten Wort zu entwickeln schien. Außerdem berichtete mir Schreini, dass Lummi sich eine Kartentasche gekauft hätte, eine braune Umhängetasche mit Schulterriemen, wie sie Offiziere trugen. Die meisten Soldaten kauften ja beim Militärhandel höchstens mal ein paar Kragenbinden nach oder ersetzten kaputte

Schulterstücke und wollten ansonsten mit Uniformteilen und dem ganzen Kram nichts zu tun haben. Lummi jedoch wäre ganz stolz auf sein Täschchen, das er zu Hause bei der Freiwilligen Feuerwehr tragen wollte. Bestimmt, weil er sich davon verspräche, dass es ihn irgendwie wichtig aussehen ließe, meinte Schreini und erzählte, Krüger wäre mal zufällig reingeplatzt, als Lummi damit im Zimmer ganz verliebt vor dem Spiegel posiert hätte.

„Das Ding ist doch größer als Lummi", grinste Schreini, „ich lach mich scheckig. Wenn der kleine Muck die Tasche umhängt, dann kippt der doch um und bleibt in seinem ‚Granzwulld' liegen. Der vermickerte Idiot, der."

Wir plauderten noch über ein paar Dinge, die wir aus anderen Grenzkompanien und von Freunden bei anderen Einheiten erfahren hatten. So zum Beispiel, dass man mit einem vermeintlich vollen Magazin böse verschaukelt werden konnte.

„Du wirfst nur 'n kurzen Kontrollblick auf das kleine Guckloch unten am Magazin, siehst den Boden der letzten Patrone und denkst: *okay, ist voll*", erläuterte Schreini. „So wie wir es gelernt haben. Aber wenn du mal nach 'm Monat oder so gründlich alles putzen sollst und jede Patrone einzeln aus dem Magazin raus schnipst, dann kommt plötzlich nur 'n Stück Holz raus, irgendein abgebrochener Ast, und es fehlt 'ne Mumpel. Oder zwei. Schöner Anschiss. Ist 'nem Kumpel von mir passiert, der dient bei Wittenberge oben."

Ich stellte mir vor, wie wohl das Schießen mit so einer Waffe ablaufen würde. Läge das Stück Holz relativ weit oben im Magazin, dann ließen sich damit sicherlich nur ein paar Schuss abfeuern, und die Knarre wäre blockiert. Wenn das draußen am Kanten passierte, bei einem Grenzdurchbruch... Ob man sich *so* davor drücken konnte, auf Flüchtende ballern zu müssen? Wer wollte einem denn nachweisen, dass man davon gewusst oder gar selber das Magazin manipuliert hatte? Oder verknackten sie einen trotzdem, dann erst recht, mit voller Härte? Und was, wenn man die Knarre wirklich bräuchte?

Wahrscheinlich war ich so ziemlich der einzige Verrückte, der hier über so etwas nachdachte, sagte ich mir. Denn meinen bisherigen Erfahrungen nach belasteten diese Fragen nämlich längst nicht alle gleichermaßen. Die meisten meiner Kameraden verdrängten sie einfach größtenteils, wohl hauptsächlich deshalb, weil sie es für ziemlich unwahrscheinlich hielten, dass sie tatsächlich in so eine Situation geraten würden. Von der Berliner Mauer hörte man zwar schon eher mal was, das ja, aber hier, an der grünen Grenze? Gezielter

Schusswaffengebrauch, auf der Flucht Erschossene? Ja früher vielleicht, kurz nach dem Mauerbau, aber doch nicht mehr heutzutage. Höchstens alle Jubeljahre mal, und das bei 1400 Kilometern Westgrenze. Nein, es würde einen schon nicht erwischen, dass man da dermaßen in die Bredouille kam. So dachten zumindest viele, vielleicht sogar die meisten. So hofften sie.

„Na dann haben wir es ja mal wieder geschafft", meinte Schreini, als er gerade ein paar Spritzer vom letzten Spiegel putzte.

„Ja", antwortete ich und wrang den Wischlappen aus. „Aber lass uns lieber noch 'n paar Minuten warten, sonst ist das Berger oder Lummi zu schnell gegangen, und wir müssen zum Nachputzen antreten."

„Haste recht", stimmte er mir zu, „bist 'n cleveres Kerlchen!"

Na was solls, dachte ich, guckte in den Spiegel und rückte mir das Käppi zurecht. Letztendlich wollten wir ja alle bloß einigermaßen anständig unsere achtzehn Monate rumkriegen und wieder heil nach Hause kommen.

Auf großes Heldentum waren die wenigsten von uns erpicht.

Gegen zehn mussten wir dann alle einrücken in den Schulungsraum, zum wöchentlichen Politunterricht, genannt Rotlichtbestrahlung.

Hauptmann Ordelmann, der Politoffizier, war so etwas wie ein Pastor der Partei. Mit getragener Stimme und ernster Miene predigte er zunächst allgemein mit den gewohnten Phrasen vom Schutz des Sozialismus vor dem aggressiven westlichen Imperialismus und der daraus resultierenden Notwendigkeit der Sicherung unserer Staatsgrenze. Grenzdienst ist Friedensdienst, Genossen, und wir dürfen dabei nicht nachlassen in unseren Anstrengungen, auf diese Formel schwor er uns ein. Nun ja, oder er versuchte es zumindest. Es war oft schwer abzuschätzen, bei wem die Propaganda verfing, und wenn ja, in welchem Maße. Während Ordelmanns roter Predigt wagte jedenfalls keiner zu grinsen oder Faxen zu machen, aber hinter die Stirn gucken konnte man eben auch keinem.

Bei der anschließenden Zeitungsschau, der Märchenstunde, wurden uns wieder die große Erfolge der Werktätigen überall in Stadt und Land verkündet. Das Paradies schien demnach schon recht nahe zu sein.

Ein wenig interessanter waren dann jedoch ein paar Dinge, die gegen Ende der Veranstaltung mit Ordelmann besprochen wurden. Aktuell waren nämlich zwei Jungs aus einer etwa achtzig Kilometer entfernten Stadt flüchtig, die sich Kleinkaliber-Gewehre aus einem Schuppen vom GST[26]-Schießstand geklaut hatten und bei denen der Verdacht bestand, dass sie in den Westen abhauen wollten. Ebenso wie ein desertierter Russe, bis an die Zähne bewaffnet mit einer Kalaschnikow und einem ganzen Rucksack voller Magazine. Das warf doch Fragen auf, oder?

Ordelmann betonte, wie wichtig ein fester Klassenstandpunkt und revolutionäre Wachsamkeit gerade in Situationen wie diesen wären, denn nur mit einem klaren Feindbild, das auch solche Verräter und Verführte mit einschloss, könne ein Soldat klare Entscheidungen fällen und entsprechend handeln. Der Schutz der Staatsgrenze, das wäre unser Auftrag, und damit der Schutz des Friedens. Mit diesem markigen Schlussakkord entließ uns Ordelmann in die Woche.

Vor dem Mittagessen gab es noch eine Kanne Kaffee auf unserer Bude, die Rotlichtbestrahlung von eben musste ja noch ausgewertet werden. Schon beim Augenkontakt merkte man, vorhin auf dem Flur und auch hier im Zimmer, dass die meisten von dem Kram nicht allzu viel hielten. Jedoch gab es auch überall ein paar rote Socken, ein paar 'Überzeugte', man durfte nicht zu unvorsichtig sein.

„Der desertierte Russe, der kennt kein Pardon", stöhnte Olli, „der weiß, was ihn erwartet, wenn die ihn kriegen. Der ballert gnadenlos um sich, garantiert. Hoffentlich kommt der nicht zu uns an die Grenze."

„Da lauert der Lupo", stimmte Jentsch ihm zu. „So 'n abgängiger Muschkote[27] kann dem E den Heimgang versauen, noch am allerletzten Tag."

Er erwähnte, dass sich vor Jahren ein desertierter Russe in seiner Heimatgegend verschanzt hätte, in einem erst kurz zuvor errichteten Landeinkaufszentrum.

„Das LEZ stand groß in der Zeitung, mit tausend Fotos", begann er zu erzählen. „Die 'Schöner unsere Dörfer'-Initiative und so, dolle Sache. War nagelneu alles, roch noch nach Farbe. Regale gerade erst eingeräumt. Und dann kam der Russe."

---

26 Gesellschaft für Sport und Technik, vormilitärische Organisation vor allem für Oberschüler und Lehrlinge

27 einfacher sowjetischer Soldat, eher abwertend gebraucht

Jentsch nickte bedeutsam, nahm einen Schluck Kaffee und fuhr fort: „Die Bereitschaftspolizei, die bei der Hatz erst mit dabei war, die musste abziehen, und dann hat Karl-Heinz[28] das Ding mit SPW[29]s umstellt, und immer rauf, aus allen Rohren. Gar nicht erst verhandelt. Die haben die Bude zerballert und die Reste von ihm hinterher auf 'n Lkw geschmissen. Wie 'n totes Kalb, so wurde es erzählt."

„Das glaube ich", nickte Olli, „die Russen fackeln da nicht lange."

„Njet", erwiderte Jentsch und schüttelte den Kopf, „machen die nicht. Arme Sau."

Es war allgemein bekannt, dass es drakonische Strafen gab, wenn einer von deren Soldaten nicht spurte. Da wurde mit harter Hand durchgegriffen.

Jentsch trank aus seiner Kaffeetasse und fing plötzlich schief zu grinsen an.

„Aber hinterher kamen die sofort, die ganze Garnison, und haben die angekokelte Hütte wieder zack-zack verputzt und gemalert", berichtete er. „Bei Nacht und Nebel wurde gerackert, das musste schnell gehen. Sämtliche Spuren beseitigen, so als ob nix gewesen wär. Bloß das stand nicht in der Zeitung, da gab es keinen Bericht drüber."

Alle am Tisch nickten wir vor uns hin, ja so war das eben. In der roten Zeitungsschau beim Polit durfte es nur Erfolge geben, ein toter Russe in einer zerschossenen Kaufhalle passte da weniger ins Bild.

Kurz darauf wurde zum Mittagessen gerufen, und wir gingen runter.

Es gab Eintopf, dem Geschmack nach zu urteilen wahrscheinlich angerührtes Trockenfutter aus dem großen Papiersack, aber es war eben Komplektetag.

Ich setzte mich zu Schreini und Kallo, die sich gerade über die beiden flüchtigen Typen mit den von der GST geklauten KK[30]-Flinten unterhielten, denn die konnten zumindest auf Nahdistanz ja auch gefährlich werden.

„Ach wer weiß, ob das alles so stimmt", murmelte Kallo, „vielleicht wollen die uns nur immer schön scharf halten, wie die Hunde draußen."

Am Nachbartisch stritten sich ein paar Gefreite über Ami-Kampfhubschrauber, die aber höchst selten in Grenznähe auftauchten.

---

28 nicht sehr verbreitete Bezeichnung für 'Russen' bzw. Sowjetarmee in der DDR

29 Schützenpanzerwagen

30 Kleinkaliber

„Die Anton Heinrich Eins Quelle[31]hat so 'n Pieks hinterm Rotor, so 'n Stutzen, den hat die Gustav[32] nicht, du Pfeife!", rief Krüger zu Lummi und lachte. „Du hast doch eh noch nie einen gesehen, wo denn? Kannst ja mal in deiner Kartentasche nachgucken."

Stumm löffelte ich meine Suppe zu Ende, stand dann auf und verdrückte mich gleich wieder auf die Bude. Denn vor der Nachtschicht wurden uns am Nachmittag stets noch ein paar Stunden Schlaf extra gegönnt. Aber bevor ich mich nachher in Ruhe hinlegen konnte, musste ich zunächst einmal den abgefallenen Knopf an der Jacke annähen und meine Stiefel putzen, damit ich später keinen Ärger kriegte. Und vielleicht schaffte ich es ja sogar noch, einen kurzen Brief zu schreiben.

Zur Nachtschicht war ich zusammen mit Schmidtke eingeteilt, im Bereich Eisgrund, um den Postenpunkt 131, also unmittelbar links von der GÜSt, der Grenzübergangsstelle Eisfeld-Rottenbach. Das Gelände bestand weiter vorn aus nassen, fast sumpfigen Wiesen, und in Richtung Hinterland stieg es etwas an und war dort dicht bewaldet. Ich mochte die Gegend nicht, auch weil uns immer wieder eingetrichtert worden war, dass 'Grenzverletzer' sich häufig an der Straße orientierten und daher ein wenig seitlich davon durchzubrechen versuchten. Also genau hier. Der Lupo lauerte mal wieder, besonders hohe Fluchtgefahr...

Mit Schmidtke war ich zum ersten Mal am Kanten draußen. Von dem, was ich gehört hatte, schien er eher ein Eigenbrödler zu sein; er arbeitete als Melker im Kuhstall, hatte mir einer der Gefreiten mal erzählt.

Nachdem uns der LO am Kolonnenweg abgesetzt hatte, liefen wir zunächst zum Waldrand hinter.

„Hier drin ist überall Stolperdraht", meinte Schmidtke und zeigte auf den in Knöchelhöhe verlegten rostigen Stacheldraht, der an vielen Stellen wie ein braunes Spinnennetz den Waldboden bedeckte und an Baumstümpfen oder an fast völlig in der Erde versenkten Holzpflöcken festgenagelt war. Angeblich lagen im Unterholz sogar noch ein paar alte, mit Stacheldraht bespannte Holzgestelle, sogenannte Spanische Reiter.

---

31 Bell AH-1Q, amerikanischer Kampfhubschrauber

32 Bell AH-1G, amerikanischer Kampfhubschrauber

„Und über den Weg da hinten sind SP-1 gespannt, und da R 67", ließ er mich wissen. Die würden mit einem lauten Knall auslösen, oder mit Leuchtkugel Ein-Stern-Rot oder Gelb. Abhängig davon, bei welchem Signalgerät jemand gerade in die gut getarnten Schnüre latschte. Denn durch die unterschiedliche Befüllung konnte man genau verorten, wo derjenige momentan umherirrte.

Wir gingen ein Stück am Waldrand entlang, bis zur nächsten GMN-Säule, wo Schmidtke der Führungsstelle unsere Position durchgab. Postenpunkt 131, Eisgrund, im Grenzersprech 'Paula Paula Eins-Drei-Eins'. Als nächstes blies er sein kleines Luftkissen auf und ließ sich dann auf einem Baumstumpf nieder. Also setzte ich mich ebenfalls und sah mich um.

Es war bereits so gut wie dunkel, schwere Wolken hingen am Himmel, und kein Stern zeigte sich.

Aber der Scheinwerfer von Lummis Esi war vorn auf dem Kolonnenweg schon von weitem zu sehen. Er kam von rechts angetuckert, mit Meyer alias 'Knorpel' als Sozius, beide in ihrer typischen grauen Kradfahrer-Kunstlederkombi.

"Bist du in Lederol gekleidet, dich selbst der BGS beneidet", zitierte ich mit gedämpfter Stimme den üblichen Spruch, und Schmidtke grinste schwach. Er meldete das vorbeifahrende Motorrad, behielt danach den Hörer jedoch weiterhin am Ohr, um im Netz zu lauschen, was die anderen Posten so alles zu berichten hatten. Manche Gefreite pressten sich den Hörer immer mal eine Viertelstunde lang ans Ohr, besonders wenn sie stationär auf einem Turm saßen, damit sie ja nichts verpassten.

Nach ungefähr zwanzig Minuten zog er den Stecker, rollte das Kabel auf und steckte sich den Hörer in seine Beintasche.

„Lass mal bisschen Streife laufen", brummte er und erhob sich.

Immerhin war er gnädig, denn ich musste die Postentasche mit unseren Thermosflaschen und den Stullenpaketen nicht mitschleppen. Wir würden später wieder hierher zurückkehren, deshalb ließ er auch gleich sein Sitzkissen aufgepustet dort liegen.

Langsam ging ich am Waldrand entlang, Schmidtke hinter mir. Drüben im Westen sah man in einiger Entfernung den großen Antennenmast eines bayrischen Radiosenders, das heißt, eigentlich sah man jetzt nur noch die drei rot leuchtenden Punkte an der Spitze des riesigen, weit in den Himmel aufragenden Stabes. Lummi wurde öfter mal nach einer Nachtschicht damit aufgezogen, ob er denn die Drei-Stern-Rot im Westen auch gesehen und brav reingemeldet hätte.

Wir gelangten an eine Stelle, von der aus sich der Blick nach drüben öffnete, und blieben stehen. Lichter ferner Ortschaften waren zu erkennen. Beide hoben wir unsere Ferngläser, und die Lichter wurden zu Straßenlaternen und Fachwerkhäusern. Ab und an sah man, wie sich einzelne Fahrzeuge langsam auf den kurvigen Landstraßen bewegen, so als ob ein paar einsame Leuchtkäfer durch die dunkle Landschaft kröchen.

„Da", raunte Schmidtke und beschrieb mir die Stelle, die er meinte, einen gelblich beleuchteten Fleck in einigen Kilometern Entfernung. Es war die Burganlage der Veste Coburg, die auf einem Hügel thronte und die ich zuweilen auch schon tagsüber gesichtet hatte, von einem der Türme aus.

„Tausend Jahre alt, das Ding", flüsterte ich und fragte ihn bei der Gelegenheit nach den mysteriösen Keramikkugeln, die ja hier vielleicht irgendwo unter irgendwelchen alten Grenzsteinen verbuddelt liegen sollten.

„Keine Ahnung", erwiderte er jedoch nur, fügte dann allerdings noch hinzu, dass hier in der Gegend traditionell schon immer Glasmurmeln als Spielzeug hergestellt worden wären. Zumindest hätte er das so gehört, 'Märbel' sollten die kleinen Kugeln demnach wohl heißen, und möglicherweise würde das ja irgendwie miteinander in Zusammenhang stehen?

In einer Art Senke liefen wir danach vor bis zum Kolonnenweg und meldeten uns kurz über GMN.

„Mal horchen", flüsterte Schmidtke hinterher und behielt den Hörer wieder am Ohr.

Diesmal wusste ich genau, wonach er lauschte, denn es war ganz kurz vor Mitternacht, und gelegentlich gab ein Scherzkeks um Null Uhr 'Gustav Martha' durch, also GM als Abkürzung für 'Guten Morgen'. Dann war es natürlich Ehrensache, ein 'bestätigt' hinterher zu raunen, auch wenn der Führende in seinem Bunker daraufhin genervt 'Ruhe im Netz' brüllen würde. Etwas Ähnliches fand manchmal auch um 17 Uhr statt, beim Bandmaßabschneiden, da hieß es 'Emil Wilhelm', also EW für 'Einer weniger', was man natürlich gern 'bestätigte' - und was den Führenden sicherlich besonders wurmte.

Aber heute gab es anscheinend keine codierten EK-Botschaften im GMN, so dass wir uns wenige Minuten später wieder auf den Rückweg machten. Zurück zur 131, zum Eisgrund.

Auch in Richtung freundwärtiges Hinterland bot sich nun im Prinzip das gleiche Bild wie eben gen Westen; kleine Ortschaften flimmerten in der Ferne und ab und an blinzelten die Scheinwerfer eines Autos aus der Finsternis - nur dass sich davor noch düster die Silhouetten einiger Wachtürme abzeichneten.

'Unsere Aufgabe ist es, den Frieden zu erhalten', dachte ich, genau so predigte es der Polit ja immer. Aber die Fakten sprachen leider dagegen. Denn die Signalanlagen befanden sich hinten und die Sperranlagen vorn, und bei Alarm lagen wir in Abriegelung am Kolonnenweg, kurz vorm letzten Zaun, mit der Knarre ins Hinterland gerichtet. Oder hatte irgendeiner von uns schon mal einen Grenzalarm erlebt, bei dem die Bedrohung aus dem Westen gekommen wäre? Nein, wir sollten nur die eigenen Leute daran hindern, das Land zu verlassen, und nichts anderes. Ein paar von uns hatten vielleicht tatsächlich noch die Illusion, dass wir hier standen, um unsere Familien zu Hause vor einem ausländischen Angriff zu schützten. Aber den meisten war klar, dass man lediglich mit Maschinenpistolen und solch einer elenden Tretminensperre niemals auch nur einen einzigen Panzer würde aufhalten können, wenn der wirklich von Westen her angerollt käme. Sondern nur zu Fuß Flüchtende, die nach drüben wollten. Und diese Erkenntnis, dass wir eben keiner guten Sache dienten und dass jeder Tag hier völlig sinnlos war, die machte uns die Zeit am Kanten doppelt schwer.

Plötzlich war ein hartes, metallenes Klacken aus der Ferne zu vernehmen.

„Der Kfz-Sperrbalken von der GÜSt", flüsterte Schmidtke, „das war der Test."

Es begann zu nieseln, so dass wir uns schon bald unsere Regenumhänge überstülpten, und als wir den Eisgrund erreichten, ging auf die Wiesen ringsum bereits ein leichter Landregen nieder.

Wir holten unsere Verpflegungstasche von unserem alten Platz und setzten uns damit ein paar Meter weiter unter eine große Buche, wo es momentan noch einigermaßen trocken war.

Eigentlich hatte ich noch gar keinen richtigen Hunger und wollte erst nur etwas Tee trinken, aber da Schmidtke bereits nach seinen Wurstbroten griff, wickelte ich meine ebenfalls aus. Schließlich wusste man nie, wann es die nächste Gelegenheit dazu geben würde, denn das bestimmte der EK, der Postenführer.

Nach ungefähr zwanzig Minuten gingen wir erneut auf Streife, immer am Waldrand entlang.

Man konnte nicht viel sehen, und der Regen schluckte die Geräusche.

Links im Wald, da tropfte es unregelmäßig von den Bäumen herunter, und rechts zu den Wiesen hin, da rieselte es gleichmäßig herab.

Wir bewegten uns in einer unwirklichen, wattierten Welt aus Grautönen.

Die Sinne erhielten kaum noch Eindrücke, also begann das Gehirn zu phantasieren. Ich musste an Pinne denken, an eine seiner wilden Storys von neulich: 'Ich hatte mal 'ne Zarte, die lag auf dem Bett, die langen Haare wie 'n Fächer, vollkommen nackt, die Arme ausgestreckt zur Seite, ein Bild für die Götter.'

Ja verdammt, dachte ich, der Kerl setzte einem Sachen in den Kopf...

Blond, fragte ich mich, oder brünett? Ich versuchte mir das Mädchen vorzustellen: 'Sie lag da - vollkommen nackt.' Aaah, verdammt!

Hm, grübelte ich, oder müsste man das nicht eigentlich besser mit Komma schreiben? 'Sie lag da - vollkommen, nackt.'

Im Wald knackte es manchmal, vielleicht bewegte der leise Wind ein paar Äste in den Wipfeln, oder ab und zu fiel ein besonders großer Tropfen auf trockenes Laub am Boden.

Der Regen ließ jetzt allmählich etwas nach, daher liefen wir anschließend noch einmal bis zum Kolonnenweg vor und auch gleich wieder zurück. Zur GMN-Säule im Eisgrund, wo Schmidtke routinemäßig unsere Position meldete und dann wie gehabt mit dem Hörer ans Ohr gepresst stehen blieb. Doch seiner Mimik nach zu urteilen, tat sich auch diesmal nicht viel.

Hoffnungsvoll blickte ich kurz auf meine Armbanduhr, aber es war erst zwei Uhr durch, die Zeit verging einfach nicht.

Wir setzten uns noch einmal unter die große Buche und tranken etwas Tee.

„Nur 'ne fünfzehn', raunte Schmidtke, „dann laufen wir weiter."

Jetzt merkte ich, wie ich müde wurde, der Körper schaltete runter, wollte Schlaf. Das gleichmäßige Rauschen des Regens war wie ein sanftes Lied. Schlafe, mein Kindchen, schlaf ein, säuselte er.

Ich starrte am Waldrand entlang nach links, Schmidtke saß steif neben mir, wie eine Mumie mit seinem Regenumhang, das Gesicht abgewandt, in die andere Richtung. Ob er schon schlief?

Wie spät es wohl sein mochte?, überlegte ich, aber ich wollte nicht schon wieder auf die Uhr schauen.

Die Zeit, zäh wie Sirup, dachte ich. Schwarz wie der Kosmos.

'Die Zeit ist buchstabengenau und allbarmherzig', das war doch von Hölderlin, so hatte er an seine Mutter geschrieben, fiel mir einfach so ein. Ja was konnte er bloß damit gemeint haben, grübelte ich. Zahlengenau oder zifferngenau, das wäre ja okay - aber wieso buchstabengenau? Warum?

Halluzinationen begannen mich zu narren, Pareidolien, Trugbilder geisterten vor meinen Augen durch die Nacht. Wenig Schlaf und viel Phantasie, da tanzten plötzlich Gespenster. War das nicht ein Russe in verwaschener Felduniform, da hinterm Baum? Mit dem Gewehr quer über dem Rücken, wie Jesus mit seinem Balkenkreuz? Ich zwang mich, die Augen weit aufzureißen. Hatte es da nicht eben geknackt? Aber anders als sonst, mehr so gescharrt? Und dort, was war das? Waberte da Wäsche auf einer Leine? Nein, es glich eher einer Schlafwandlerin im Nachthemd, oder? Mitten im Stolperdraht, seltsam. Ein Windzug wehte das Nachthemd weg, und vollkommen nackt…

Ich schreckte hoch, machte sinnlose Bewegungen mit den Fingern, mit den Füßen in den Stiefeln, nur um wach zu bleiben. Immerhin schien sich der Regen weiter abzuschwächen, registrierte ich unterschwellig mit einer gewissen Befriedigung.

Plötzlich vernahm ich von Weitem ein leises Zischen, und dieses Geräusch kam mir bekannt vor, aber ich konnte es so schnell nicht zuordnen, und dann wurde der Himmel links von uns auf einmal taghell. Jemand hatte eine 'dicke Berta' abgefeuert, ein großes Handleuchtzeichen, dessen Brandsatz hoch oben an einem Fallschirm schwebte und nun das ganze Gelände in gelbliches Licht tauchte.

„Dammte Scheiße!", fluchte Schmidtke unterdrückt, und wir sprangen beide leise auf, die Knarre fest im Griff. Irgendwas war los, aber was? Links von uns müsste Lummi mit Knorpel-Meyer sein, überlegte ich. Aber die Berta war doch von weiter hinten gekommen, dichter am GSZ, wo der Abschnitt einen Bogen machte. Hatte Kretsche mal wieder aus Langeweile Silvester gespielt? Auch auf der 133, dem BT Heider Berg, fuhrwerkte jemand hektisch mit dem Turmscheinwerfer umher und leuchtete das Vorfeld aus. Was ging hier vor? Schmidtke war ebenfalls nervös, das spürte ich.

Geduckt schlichen wir das kleine Stück bis zur GMN-Säule, und Schmidtke stöpselte den Hörer ein. Einen Moment später flackerte das Leuchtzeichen noch ein letztes Mal auf und verlosch.

Jetzt erschien einem alles noch dunkler als vorher.

„Der GSZ hat nicht ausgelöst", flüsterte Schmidtke nach einer Weile, „das ist schon mal gut."

Ich spähte derweil ins Gelände, konnte aber nichts Ungewöhnliches erkennen.

Er zog den Hörer ab, und wir liefen zügig vor zum Kolonnenweg und meldeten uns von dort.

Kretsche hatte das Feuerwerk verursacht, soviel erfuhren wir nun immerhin schon mal. Er hätte seltsame Geräusche gehört, bei der kleinen Baumgruppe in der Nähe vom Tor 12. Sagte er.

„Wohl das diensthabende Reh", knurrte Schmidtke spöttisch, ohne groß den Mund zu bewegen.

Wir blieben noch eine Viertelstunde vorn, danach wurden wir wieder zurück in Richtung Eisgrund geschickt, wo wir den Rest der Nachtschicht weiter umher patrouillierten, ohne dass sich noch etwas von Belang ereignete.

Gegen halb sechs sollte eigentlich die Sonne aufgehen, allerdings merkten wir das lediglich daran, dass die Finsternis der Nacht allmählich einem etwas helleren Bleigrau wich.

Es hatte zwar aufgehört zu regnen, doch meine Sachen fühlten sich trotz des Regenumhangs klamm an, und mich fröstelte leicht.

„War 'ne scheiß Schicht", brummte Schmidtke, als wir vorn am Kolonnenweg standen und auf unseren LO warteten. „Gottseidank, bloß noch hundert Tage, dann hats geschissen."

Aus Langeweile hob ich mein Fernglas und blickte ins westliche Vorfeld rüber. Ein VW-Bus war zu erkennen, jedoch noch weit entfernt, vermutlich GZD. Die hatten wohl auch gerade Schichtwechsel?

„Der fährt bestimmt zur Rottenbacher Höhe rauf", erklärte ich, aber Schmidtke winkte bloß ab.

„Alles Quatsch", murmelte er, und weil ich ihn fragend ansah, fügte er schließlich hinzu: „Kann ja sein, dass man am Tage nach drüben guckt und das alberne Puppentheater meldet. Aber nachts drehst du die Knarre um."

Wenige Minuten später stiegen wir auf den Lkw und zuckelten dann weiter durch den Abschnitt, hin zum nächsten Postenpaar. Wenn alles glatt ging, würden wir in einer halben Stunde in der Kompanie sein, rechnete ich. Schnell noch Knarre putzen, scheiß Waffenwartung, und scheiß Revierreinigen erst recht, Hauptsache bloß noch was essen, und dann endlich ab ins Bett. Endlich schlafen.

Schmidtke ließ hinten die Plane runter, damit die kühle, feuchte Morgenluft nicht so sehr durch unsere Ladefläche zog. Weiter vorn hockten Krüger und Losche auf der hölzernen Sitzbank, stumm mit der Zigarette im Mundwinkel, und ließen müde die Köpfe hängen. Rauch stieg kräuselnd auf und sammelte sich träge wabernd unter dem geschlossenen Verdeck.

Ich schob noch einmal kurz ein Stück Plane zur Seite und warf einen Blick zurück, als wir gerade mit kläglich winselndem Motor eine Anhöhe erklommen.

In der fahlen Morgendämmerung lagen die Betonplatten des Kolonnenweges wie ein endloses graues Band in der Landschaft, in den Wiesensenken stand kalt der Nebel. Kein Sonnenstrahl durchdrang die dichte Wolkendecke.

Vom neuen Tag war noch nicht viel zu sehen.

...und dann ging das Licht aus...

Foto: Uwe Schulz-Kopanski

159